授かって逃亡した元令嬢ですが、腹黒紳士が逃がしてくれません

ルネッタブックス

CONTENTS

Lunetta

序章　いちごみるく味の夢

「六花《りっか》ー！」

「りっかちゃーん、どこー！」

遠くで自分の名前を呼ぶ声がする。

あれは父と姉の羽衣《うい》の声だ。

今日はピアノの発表会だった。姉の羽衣はバイオリンを習っているが、六花は弦をうまく押さえられず、先生に匙《さじ》を投げられ、ピアノに変更した。

そのピアノも、六花はあまり上手とは言えない。

先ほどのピアノの発表会では、緊張してたくさん間違えてしまい、周囲からクスクスという笑い声が聞こえてきたくらいだった。

泣きたくて、でも泣いちゃダメだと我慢して、出番が終わった後そっと会場を抜け出して、会場近くにあるこの公園の遊具の中で、一人泣いていたのだ。このピンクに塗られた大きな土管のような遊具は、身を隠すにはもってこいの場所だった。

父と羽衣は、姿を消した自分を探してくれているのだろう。きっと父も羽衣も、六花の失敗など全然気にしていなくて、「よく頑張ったね」と笑ってくれるはずだ。

分かっている。

それでも六花は膝を抱えて身を丸め、顔を伏せて心の中で祈った。

（いや……、まだみつけないで……）

こんな涙でぐしょぐしょの顔を、父や姉に見られたくない。

なによりも、あの美しい母には、こんな情けない顔を見せるわけにはいかないのだ。

母の夜月《よづき》は、特別な存在だ。

美しく愛らしい容姿の者が多いと言われるオメガの中でも、群を抜いた美貌。

夜を切り取ったかのような射干玉《ぬばたま》の髪に、煌《きら》めく黒曜石《こくようせき》の瞳。

真っ白な肌はシミ一つなく、陶磁器のように滑《なめ》らかだ。

あるべき所にあるべきパーツが置かれた、精巧なビスクドールのような容貌は、本当に生きているのかと疑いたくなるほどだ。

この世の美を集約したかのような存在である母は、同時に強く厳しい小清水《こしみず》家の当主でもある。

世界を牛耳るアルファすらもその支配下に置くと言われる、最高にして最強のオメガなのだ。

そんな母を、六花はずっと尊敬しているし、同じオメガとして生まれたのだから、母のようになりたいと思う。

美しく、強く、賢い、母のようなオメガに……。

（それなのに……わたしはいつも、しっぱいしてばっかり……）

六花は不器用だし、あまり賢くない。運動神経も良いとは言えなくて、幼稚園のかけっこではいつも最後の方を走っている。

姉の羽衣はなんでもできるし、かけっこだって毎回一番になっているのに、なぜか六花は全部うまくできないのだ。

母は怒らない。怒らないし、泣かない。

オメガの名家である小清水家の当主は、滅多なことでは喜怒哀楽の怒と哀を見せない。

それは敵に付け入る隙を与えているようなものだからだ。

それでも、六花が失敗するたびに、果実のような唇から微《かす》かなため息が漏《も》れることを、六花はちゃんと知っていた。

（おかあさまは、りっかにシツボウしてるんだ……）

シツボウとは、がっかりすることだ。

この間、幼馴染《おさなな じ》みのお兄ちゃんである藤生《ふじお》が教えてくれた。

藤生は小清水の家の子ではなく、王寺《おうじ》の家の子だ。

親同士が仲良く、王寺家の兄弟である藤生と桐哉《きりや》はたまに小清水家にも遊びに来る。彼らは特に姉の羽衣と仲が良いのだが、優しい藤生は六花のことも気にかけてくれる。

（ふーちゃんに、あいたいな……）

藤生ならきっと、六花が泣いていても何も訊《き》かず、黙って頭を撫《な》でてくれるだろう。

六花にはそういう優しさが心地好《よ》かった。

涙で霞《かす》んだ目を擦《こす》りながら、ぼんやりと藤生のことを考えていると、不意に人の気配を感じた。

ハッとして顔を上げると、遊具の入り口に少年が立っている。

自分よりいくつか年嵩《としかさ》だろうが、藤生や桐哉ほど大きくはなく、羽衣と同じくらいに見えた。

柔らかそうな癖毛《くせげ》と、キラキラと輝く茶色の瞳が、以前に撫でさせてもらった仔犬に似ている。

「君、だれ？　泣いてるの？」

泣いていることを指摘され、六花はパッと両手で顔を隠した。

「な、ないて、ないよ……」

慌ててぐしぐしと手のひらで涙を拭《ふ》きながら誤魔化《ごまか》すと、少年は「ふぅん」と曖昧《あいまい》な返事をして、すとんと六花の隣に腰を下ろす。

「な、なんで、となりにすわるの……」

あまりに自然な仕草《しぐさ》で近づかれたので警戒するのを忘れていたが、父や母から『知らない人とは喋《しゃべ》ってはいけない』と言われていたことを、今更ながら思い出した。

「えっ」

じりじりとお尻をずらして離れようとすると、少年は「んっ」と自分の拳《こぶし》を突きつけてきた。

「ほら、手ぇ出して」

「て？」

言われてつい両手を彼に見せるように差し出すと、少年はニコッと笑ってその上に大きなキャンディを一つ落とした。

「……わぁ、いちごみるくのやつだ……」

ピンクと白の可愛《かわい》い包み紙は、六花のお気に入りのキャンディだった。

三角の形をしていて、噛《か》むとサクサクという食感がするのが好きだった。

「あげる。おいしいよ」

少年が穏やかな声で言って、ポンポンと六花の頭を優しく叩《たた》いた。

その手の感触に、六花の心がじんわりと温かくなる。

藤生の撫で方とは違っていたけれど、それはまさに六花が今欲しいと思っていたものだったからだ。

「あ、ありがと……」

「うん」

小さな声でお礼を言うと、少年は擽《くすぐ》ったそうに目を細めて頷《うなず》く。

六花はもらったキャンディの包み紙を開き、ピンク色の飴《あめ》を口の中に入れた。

甘酸っぱい味が舌の上を滑り、自然と顔が綻《ほころ》ぶ。

「やっと笑ったな」

「え？」

「んーん。君、あそこから来ただろ」

少年は言いながら、ピアノの発表会をやっている会場を指した。

言い当てられて、六花は目を丸くしながら頷く。

「どうしてわかったの？」

訊《たず》ねると、少年も目を丸くした後、クスクスと笑った。

「そんなお姫さまみたいなドレス着てればわかるよ。あそこは休みの日になると、よくピアノとかバイオリンの発表会をやるから」

少年の喋り方は大人びていて、どこか藤生や桐哉を彷彿《ほうふつ》とさせる。

「……あなたも、あるふぁなの？」

アルファに生まれた者は知能が高く、幼い頃から難しい話も理解できるし、大人のようなことも言えるのだ。だからそうなのかもと思ったのだが、少年はきょとんとなった。

「第二の性別のってこと？　まだ分からないよ。分かるのって、もっと大きくなってからじゃなかったっけ？」

「……そうなの？」

「そうだよ。でも、きっと僕はアルファじゃないと思うよ。僕のお父さんもお母さんも、ベータだから」

「そうなんだ……」

六花は少年の声を、口の中で飴をコロコロと転がしながら聞いた。

彼の声は澄んでいてとても心地好く、六花はうっとりと目を閉じてその声に聞き入る。

まるで子守唄を歌ってもらっている時みたいだ。

口の中のキャンディのように甘い感覚に、とろりと眠気が襲ってくる。

「ああ、でもおじいちゃんはアルファって言ってたかも。もう亡くなったけど、おばあちゃんはオメガだったのかな？　家に帰ったら訊いてみるよ。今、僕おじいちゃんの家にいるんだ。お父さんとお母さんが仕事で外国に行ってて、その間はおじいちゃんの家に……あれ？　寝ちやったの？」

少年の不思議そうな声を聞きながら、六花はふわふわと甘い夢の中へと沈んでいったのだった。

第一章　失恋と一夜の衝動

小清水六花《こしみずりっか》は、ワイングラスを片手に荒れていた。

ここは金沢《かなざわ》のとあるホテルのバーだ。妹が住んでいることもあり、金沢にはもう何度も来ていて、そのたびに利用しているお気に入りの場所だった。

今日は茶道の師範のお供という仕事で来ていたが、仕事の後、妹と呑《の》むことになったのだ。

「っていうか、今更『運命の番《つがい》』が現れたからって、婚約破棄⁉　ばっかじゃないの⁉　二十七年間も婚約者やってきた羽衣《うい》ちゃんをあっさり捨てるとか、どうかしてるでしょう⁉　何が王寺《おうじ》家最高のアルファよ！　アルファだろうがデルタだろうが、絶対許さないんだから、藤生《ふじお》めぇええええ‼」

温厚で、普段汚い言葉など決して使わない六花が、妹の咲良《さくら》を相手にクダを巻いている。

「第二の性別にデルタはないでしょ」

「じゃあイプシロン！」

「それもない。適当言いすぎだし、呑《の》みすぎだよ、六花ちゃん」

やれやれと姉の手からワイングラスをもぎ取る咲良は、六花の二つ歳下の二十三歳、新進気鋭の陶芸家だ。

国立の芸術大学で陶芸を学び、在学中に数々の賞を受賞した注目の美大生だった。

卒業後は金沢《かなざわ》に窯《かま》を開き、今や個展を開けば大盛況、作品は飛ぶように売れるといった大人気陶芸家になった。

なんの才能もない自分とは大違いだな、と六花は内心自嘲《じちょう》する。

小清水家の子どもは皆優秀で、自分以外は、将来有望な人ばかりだ。

「大体、許すも許さないも、六花ちゃんはそもそも関係ないでしょ。藤生さんは羽衣ちゃんの婚約者だったんであって、六花ちゃんのじゃないんだから。羽衣ちゃんが怒ってないのに、どうして六花ちゃんが怒る必要があるのよ？」

「う……」

痛いところを突かれて、六花はゴニョゴニョと口籠《ご》もる。

「そ、それは、だって、羽衣ちゃんはあんなに完璧なのに……！　きれいで、可愛くて、頭も良くて、運動だってできるし、性格だって優しい！　羽衣ちゃん以上の人なんて他にいないのに！」

「はぁ、出ました。六花ちゃんのシスコン。本当に、羽衣ちゃんのことが大好きだよねぇ」

「羽衣ちゃんだけじゃないよ！　咲良ちゃんのことも、麻央《まお》ちゃんのことも、八雲《やくも》と東雲《しののめ》のことだって大好きなんだから！」

きょうだい全員の名前を挙げると、咲良は「はいはい」と適当な相槌《あいづち》を打って頬杖《ほおづえ》をついた。

小清水家はなんと六人姉弟なのだ。

それも仕方ない。母が生殖に特化した――つまり妊娠しやすい性別であるオメガなうえ、アルファの父とは『運命の番《つがい》』という関係だからである。

この世界には、男性、女性という性の区分の他に、アルファ、ベータ、オメガという第二の性の区分がある。

社会的階級《ヒエラルキー》のトップに立つ存在であるアルファは、健康で頑丈な身体、優秀な頭脳、美しい容姿と、全てに秀でている者が多い。

社会において、政治家や企業の経営者といった指導者的な立場にある者は、ほとんどがアルファであると言われている。

アルファに次ぐ存在であるのがベータだ。いわゆる一般的な人種であり、最も数が多いのがこの性別である。

そして最後のオメガは、希少種であるアルファよりもさらに数の少ない絶滅危惧種とされている。

数や能力の違いだけならこのような分類は必要ない。

この分類において重要なのは、その生殖能力である。

ヒエラルキーの頂点に立つアルファは、その優秀さゆえか、ベータに比べて繁殖能力が非常に低い。アルファ同士、あるいはアルファとベータの組み合わせで子ができる確率は、一％にも満たないと言われている。

だがオメガとの組み合わせになると、その確率は飛躍的に上がるのだ。

これはオメガの持つ『発情期《ヒート》』と呼ばれる繁殖期が原因だ。

オメガは三ヶ月に一度ほどの周期で、体内でアルファを発情させるフェロモンを作り出す。この時期にアルファと性行為を行えば、なんと九割に近い確率で妊娠するのだ。

この構造は、オメガが生殖のために存在する種類、ともとることができる。

発情期《ヒート》の期間中、オメガはフェロモンを出し続けてしまうことや、体調不良で動けなくなってしまうことから、社会に出て仕事に就くことが難しいとされてきた。

これらの性質から、オメガは『繁殖のための性』とされ、長らく蔑視《べっし》されてきた歴史がある。

だが数十年前に発情期《ヒート》を抑える治療薬が開発されたことで、彼らの社会的地位を見直す法律が制定され、環境が大きく改善された。

性教育も徹底されたことでオメガに対する理解が深まり、現在では表立ってオメガを貶《おとし》める人はほとんどいない。

それどころか、元より稀少《きしょう》な存在であったのに、過去の虐待から『絶滅危惧種』となるまで数を減らしたオメガは保護対象とされ、社会的に守られるようになっていた。

社会を率いる次代のアルファを生み出すために、オメガの存在は必須なのだから、この流れは当然とも言えるだろう。

そんな希少な存在であるオメガだが、この国は千年前から続くオメガの名家がある。

それが、『女神胎《めがみばら》』と呼ばれる小清水家——六花たちの一族である。

『女神胎』とは、小清水家のオメガが産んだ子は、ほとんどがアルファとして生まれ、しかも傑人《けつじん》となることからついた異名である。

首相、起業家、科学者、宇宙飛行士など、この国の世界に冠《かん》たる者の多くが、女神胎より生まれた子だと言われている。

だからアルファの名家は、こぞって小清水家と縁組をしたがるのだ。

普通に考えれば、なぜオメガの血族である小清水家がこれほど長い間続くことができたのかと疑問を抱く者も多いだろう。

アルファに狙われたオメガが、無事でいられるわけがない。

なにしろアルファは全てにおいて屈強だ。対するオメガは全てにおいて脆弱《ぜいじゃく》とくれば、攫《さら》って監禁し、孕《はら》ませることも可能である。

だが小清水家のオメガたちに対して、そういった暴虐がなされることは、これまでの千年なかったし、この先もないだろう。

なぜならば、『女神胎』のオメガは、アルファに似た気質と能力を持ち、時にアルファすら支配下に置くことさえある。

小清水家の当主が代々女性であることから、『女帝の家』と呼ばれることもあるくらいだ。

そしてその小清水家の現当主である母、小清水夜月《よづき》は、長い小清水家の歴史上最も『女神胎』の血が濃い、まさに『女帝』の体現者である。

その瞬《まばた》き一つでアルファを虜《とりこ》にし、その微笑《ほほえ》み一つで従わせる。

どんなアルファにも物怖《ものお》じせず、それどころか笑顔で無理難題を押し付けるため、古《いにしえ》のお伽《とぎ》話《ばなし》に擬《なぞら》えて『かぐや姫』と呼ばれることもある。

（かぐや姫かぁ……月みたいな存在、確かにね……）

六花からしてみても、厳しくも美しい母は、少し遠い存在だ。

アルファである父の方が、まだ近しく感じてしまう。

（普通はアルファの方が優秀すぎて、近寄り難いものなんだけどなぁ……）

だがそれは六花の外見が、母ではなくまるっきり父に似ているせいもあるかもしれない。

六花は人差し指でクイッとメガネを上げ、隣に座る妹をまじまじと見た。

咲良はストレートの長く艶《つや》やかな黒髪を、ぴっちりとしたポニーテールにした迫力のある美女だ。

長く濃いまつ毛に縁取られたアーモンド型の美しい目は、まるで刺青《いれずみ》でも入れたかのようにくっきりとしている。

高く通った鼻梁《びりょう》、ぽってりと美味《おい》しそうなぷるぷるの唇は、齧《かじ》り付いてしまいたくなるほど色っぽい。

三百六十度どの角度から見ても、母の夜月に似た、まごうことなき絶世の美女である。

化粧っけのないすっぴんだというのに、この美しさ。

ノーメイクなのに二歳年上の自分よりも年上に見える。

「あ〜……咲良ちゃんは美人さんだねぇ……」

今クダを巻いていたかと思ったら、今度はそんなことを言い出す姉に、咲良は呆《あき》れた顔で「それはどうも」と受け流す。言われ慣れている人の対応である。

「六花ちゃんも可愛《かわい》いよ」

「わたしはダメよぉ……」

「何が？」

「だって、羽衣ちゃんも咲良ちゃんも、麻央ちゃんだって、みーんなママ似なのに、私は全然似てないんだもん……」

「ああ、まあ、確かに姉妹の中で、顔がパパ似なのは六花ちゃんだけよね」

そうなのだ。

姉妹が四人いて、その中の三人が母似で、父に似ているのは六花だけなのだ。

父が不細工というわけではない。父の朔太郎《さくたろう》とてアルファだし、当然ながら大変整った容姿をしている。柔らかな栗色の髪に、少し垂れた目尻が甘い雰囲気《ふんいき》のイケメンだ。

「パパ似だっていいでしょ。美男じゃない」

「そうよ、パパだって美男よ！　知ってるよ！　パパに似てることが不満なわけじゃないの。……ただ、ママに似てたら、私ももっと自信が持てたかなぁと……」

六花がボソボソと説明すると、咲良は美しい所作でワインを一口飲んでから、首を捻《ひね》った。

「あー、なるほど……？　うーん？　これって外見の話だったよね？　性格の話だった？」

「んんー……どっちだっけ……？」

どうやら少々酔いが回ってきたようだ。

自分の話に脈絡がなくなってきていることに気づきながらも、六花は先ほど咲良に奪われたグラスを取ると、一気に呷《あお》って中身を呑み干した。

「あ～！　もう、呑みすぎって言ったでしょー！」

「そんな、呑んでないもん」

「それ酔っぱらいの言動！　本当にもう、いくら失恋したからって、ヤケ酒は良くないよ！」

「うっ……」

勢いよく図星を指されて、六花の目からボロリと涙が溢《あふ》れる。

一度箍《たが》が外れた涙の栓は、一気に崩壊してしまう。

ぼたぼたとテーブルの上に大粒の涙を落とし始める六花に、咲良が「あーあ」と言いながら頭をヨシヨシと撫《な》でてくれた。

「い……いつ、から、知って……」

「ずーっと前から知ってたよ。六花ちゃんがふーちゃんに片想いしてたことは」

「そ、それっ……他の人は……」

「大丈夫、多分気づいてるの私だけ。きょうだいの中でも、私たちが一番近いから。だから分かっちゃったんだろうね……」

確かに六花と咲良は姉妹だが、双子のように仲が良く、何をするのもずっと一緒だった。

本来なら咲良同様に近しい存在となるはずの、歳の近い姉である羽衣は、生まれた時から王寺家に嫁に行くことが決まっていたため、実家である小清水家より婚家である王寺家で過ごすことが多かったからかもしれない。

「でも、てっきり憧れ程度のものだと思ってたんだよね。まさかヤケ酒呷るほど好きだったなんて思わなかったけど」

「……相手が、羽衣ちゃんだったら、こんな気持ちにならなかった……」

ズビッと洟《はな》を啜《すす》りながら言うと、咲良は「あーなるほど」とため息のような声で言って、頬杖をついた。

「まあ、確かに……。初恋の人の婚約者が、完璧美女の羽衣ちゃんだったから諦めもついたけど、ポッと現れた『運命の番《つがい》』じゃあ納得したくないってことよねぇ。それはなんとなく理解できる気がする……」

自分の気持ちを正確に代弁してくれる咲良に、六花の涙はまた誘われてしまう。

「う……うわーん……！」

そうなのだ。藤生は、六花の初恋だった。

六花は姉の婚約者である藤生のことを、子どもの頃からずっと好きだった。

藤生はアルファなのに柔和な性格で、小清水のきょうだいの中では鈍臭く、出遅れて取り残されがちな六花に気づいてくれる人だった。

優しい藤生に恋をしたけれど、彼は姉の婚約者であることはその時から分かっていた。

始まった瞬間に終わったような恋だ。

だが、それを悲しいとは思わなかった。

なぜなら、藤生の婚約者が他ならぬ羽衣だったからだ。

羽衣は、完璧だ。

母から受け継いだ美貌と明晰な頭脳、そして豪胆さも兼ね備えた、まさに女神の嗣子《しし》に相応《ふさわ》しい女性だ。

だがそれだけじゃない。姉が誰よりも努力家であることを、六花は知っている。

姉が完璧に見えるのは、彼女が弛《たゆ》まぬ努力をしてきた結果だ。

完璧の裏にある健気《けなげ》なまでの苦心を知っているからこそ、六花は姉を心から尊敬しているのだ。

姉ほど素晴らしい女性はいない。

自分のような出来損ないの『女神胎』ではとても太刀打ちできやしない。

(羽衣ちゃんならいい。羽衣ちゃんだったら、諦められるもの……)

それどころか、藤生に対して、「姉を泣かせたら絶対に許さない」と言ったくらいだった。

きっと藤生と羽衣ならば、素敵《すてき》で幸せな夫婦になるだろうと信じて疑っていなかったのに——。

なんと先週、藤生に『運命の番《つがい》』が現れたと、羽衣との婚約が白紙に戻されたのだ。

『運命の番《つがい》』とは、アルファとオメガの組み合わせで、遺伝子的相性が百パーセントの相手のことを言う。

この場合の相性とは生殖におけるものを指し、『運命の番《つがい》』のカップル間の生殖行為では、必ず妊娠すると言うから、そんなことがあり得るのかと疑いたくなる。

しかし実際に『運命の番《つがい》』カップルである六花の両親には六人の子どもがいるのだから、それも嘘《うそ》ではないのだろう。子どもを望まない場合はなかなか厄介《やっかい》でもあるかもしれない。

とはいえ、『運命の番《つがい》』の出現率は五千万人に一カップル程度だそうで、まさに奇跡と呼ぶべき現象である。

そんな奇跡のような確率で巡り会うことができた『運命の番《つがい》』は、互いの存在が絶対となる。

心も身体も惹《ひ》かれ合い、引き離せばアルファは狂い、オメガは衰弱死してしまうのだ。

(あのママも、パパと引き離された時には、ガリガリに痩《や》せ細って入院したって言ってたものね……)

今でこそ最強にして最恐の母、夜月だが、父の朔太郎と出会った時は十八歳で、まだ少女の域を出ていなかった。

父と母は電撃のように恋に落ちたが、母には当時他に婚約者がいて、二人の結婚は周囲から大反対されたのだ。

最終的には強引に引き裂かれる形で別れさせられたのだが、母は食べ物も水分すら受け付けなくなってしまい、その数週間後には衰弱して死にかけたのだ。

同時期に父も狂人と化して暴れちぎっていたそうで、貴重な『女神胎』を失うくらいなら、と父との結婚を許されたらしい。

なかなかに想像を絶する話である。

(出会う確率は奇跡に近いけれど、出会ったが最後、魂ごと互いを縛り合ってしまうなんて……まるで呪いみたいだよね……)

そんな皮肉なことを考えてしまうのは、藤生の『運命の番《つがい》』を認めたくない気持ちがあるからだろう。

ともあれ夜月と朔太郎の苛烈な例があるため、王寺家としても小清水家としても、藤生と『運命の番《つがい》』を引き離すことはできず、婚約解消へと話が進んだ。

しかし『女神胎』を手放したくない王寺家は、藤生ではなく弟の桐哉《きりや》を羽衣の婚約者にあてがい、次代当主を藤生から桐哉へと変更することで、問題を解決したのだ。

「何が問題解決よ……ふーちゃんがダメになったから、じゃあきーちゃんって、野球の代打じゃないんだからね！　そんなノリで羽衣ちゃんの結婚相手を決めないでくださいよ！　うちのお姉ちゃんをなんだと思ってるのよー！」

姉の婚約破棄の件を考えれば考えるほど、納得ができなくて六花は泣きながら叫《さけ》んだ。

そんな姉を「どうどう」と馬でも落ち着かせるような声をかけながら、咲良がハア、と大きなため息をつく。

「もう、前言撤回。六花ちゃん、今日は好きなだけ呑みな。私も付き合うから！」

そう宣言すると、咲良は六花のグラスにワインをドボドボと豪快に注ぎ始める。

「うう……咲良ちゃん……」

「ほらほら、呑んで呑んで！　泣くだけ泣いたら、明日から気持ち切り替えていくのよ！」

「わかったぁあああ」

「失恋にカンパーイ！」

「えーん、カンパイぃいいい」

＊＊＊

（……なんだこれ。女の子が落ちてる）

ホテルのエレベーターを降りた一ノ瀬《いちのせ》柊《しゅう》は、自分の部屋の前の光景を見てそんなことを思った。

自分が今夜泊まる部屋の前に、白い服を着た女性が蹲《うずくま》っている。

座っている、ではなく、落ちている、と表現したのは、彼女が明らかに酔っぱらいだからだ。

体育座りで膝の上に突っ伏しているので顔は見えないが、ふわふわした髪の隙間から見える耳と細い頸《くび》が真っ赤になっているのと、安らかな寝息が聞こえてくる。

酔いが回って寝てしまったのだろう。

「うーん、困ったな」

彼女は柊の部屋のドアを背にして座り込んで眠っている。

これでは部屋に入れない。

ホテルの従業員に連絡を入れようかと思いつつ、念のため急性アルコール中毒を起こしていないかを確認しようと声をかける。

「もしもーし、お嬢さん？　大丈夫？」

だが反応がない。

柊は仕方なくトントンと彼女の肩を軽く叩《たた》いてみる。

許可なく女性に触れるのは気が引けたが、しかしこの場合、意識障害の程度を把握する方が重要だろう。

「おーい、意識はありますか？」

肩を叩きながら、先ほどよりも大きめの声量で訊《たず》ねると、女性がいきなりガバッと頭を上げた。

「おわっ」

彼女の頭と自分の顎がぶつかりそうになって、焦《あせ》って身を仰《の》け反《ぞ》らせるようにして避《よ》ける。

「あっぶね……」

危うく衝突を回避できてホッと胸を撫で下ろすも、酔っぱらいはそれに気づいていないようだ。

「だいじょうぶ！　まだのめる！」

謎の宣言をする声は、聞き心地の良い滑《なめ》らかなアルトだ。

響きの良い声だな、と柊は思った。女性の声は、高いよりも低い方が好みだ。

この酔っぱらいの声は、しっとりと落ち着いていて、ヴィオラの音色のような心地好《よ》さを感じる。

「お、おう……全然大丈夫じゃないですねこれは……」

とはいえ、今は好みの声質よりも、酔っぱらいの介抱である。

改めて彼女の顔を見た瞬間、柊の心臓が大きく跳ねた。

酔っぱらいは、息を呑むほど可憐《かれん》だった。

卵型の輪郭、少し垂れ目がちな目は、メガネの近視のレンズの向こうにあってもなお大きい。

まつ毛は濃く長く、瞬きをするたびパサパサと音を立てそうだ。

高すぎず低すぎずちょうどいい塩梅《あんばい》の形の良い鼻、唇はぷっくりと愛らしく潤《うる》んでいて、齧り付きたいような衝動が込み上げてくる。

控えめに言って、どこかの女優さんかと思うような美女である。

(かっわ……!? え? 何、この子!? めちゃくちゃ可愛いんですけど!?)

なぜこんな美女がこんなところに落ちているんだ。

もしかして天から落ちてきた天使なのだろうか。

イヤ何を言っているんだ自分はしっかりしろ。

え、イヤ、でも可愛すぎんかこれ何これ何この状況なんでこんな美女が一人で泥酔《でいすい》してんのやばいでしょこれ無防備すぎんか――。

(それに、なんだ、この匂い……めちゃくちゃ、いい匂い……)

彼女の身体から立ち上がってくるほのかな香りが、嗅覚からも柊を魅了する。

白い花の匂いだ。

さらっとした花蜜《かみつ》を含んだ甘い香気に、フィグのようなミルキーさがほんのりと感じられる。

言われなくては気づけないほどのごく微《かす》かな香りなのに、脳を揺さぶられるほどに惹きつけられた。

（うっわ、何これ、やばいな。この子の匂い嗅《か》いでると、論理的な考えができなくなる……、語彙《ごい》消失する……あーいい匂いだし、めっちゃ可愛いし……頭ん中ふわっふわなんだが……この子、麻薬かなんかなの？）

自分の心臓がバクバクバクバクとものすごい勢いで動き始めるのを感じながら、柊の頭の中に支離滅裂な思考がぐるぐると巡る。

一ノ瀬柊という人間は、普段はわりといつも冷静で、滅多に動揺することのない性格だ。あまり物事に執着をしない性質《たち》で、物にも状況にもさほど固執しないせいか、何か不測の事態が起きたとしても「全ての物事は、まあ大体はなんとかなる」と思っている。

それなのにこの女性を前にすると、ハッキリと狼狽《うろた》えている——そのことを面白がっている自分もいて、柊は思わず笑みが漏《も》れた。

（……なんだこれ、面白い。もしかして、アルファの本能ってやつなのかな？）

先ほどまでは気づかなかったが、目の前のこの女性は、オメガだ。

彼女の容姿は美しいだけでなく、いじらしいまでに嫋《たお》やかで愛くるしい。

それはアルファの庇護欲《ひごよく》を唆《そそ》るようにと、遺伝子に組み込まれたオメガの性質なのだ。

もちろん、見た目だけでオメガであると断定できるわけではない。

だが、柊の中のアルファの本能がそう告げている。

この女性は、オメガだと。

（……やばいな、なんだこの感覚……）

彼女を見ているだけで、胸の奥から込み上げてくる衝動にも似た感覚に、柊はごくりと喉を鳴らした。

十歳で第二の性別がアルファだと判明した時から、柊は性教育を徹底された。

柊の実家である一ノ瀬家は、百数十年前から続く壱成《いっせい》酒造の創業者一族だ。

直系の者にはアルファが多かったと言われており、柊の祖父もアルファである。

どの世界でも富や権力を狙って寄ってくる虫はいるもので、それなりに歴史と財力のある一ノ瀬家にも、その類《たぐい》の人間は後を絶たない。

中には、アルファはオメガの発情期《ヒート》フェロモンに抗《あらが》えないという事実を利用し、オメガを使って発情期《ヒート》テロを起こさせようとする輩《やから》もいて、そういう罠に陥《おちい》らないように、祖父は柊にそれを含めた万全な対策を講じたのだ。

だから柊は幼い頃から第二の性についての知識を叩き込まれたし、オメガの発情期《ヒート》フェロモンを浴びた時の訓練までさせられた。

それは俗称ＨＣＴＣと呼ばれている訓練で、人工的に作られた発情期《ヒート》フェロモンを少量嗅ぎ、沸き起こる性衝動を意志の力で抑え込む練習だ。

ＨＣＴＣとは、アメリカの国家テロ対策センターの頭文字《もじ》であるＮＣＴＣを捩った名称だ。オメガの発情期《ヒート》に対する皮肉も混じっているので、柊としてはあまり好きではない俗称ではある。

実のところ、ＨＣＴＣは富裕層のアルファにとって珍しいものではなく、経験者も多い。不意を突かれて発情期《ヒート》テロを喰らい、意に染まぬ結婚に持ち込まれることを防ぐ必要があるからだ。

アルファにとって、オメガの発情期《ヒート》フェロモンは恐ろしいものだ。

（……まあ、そうだよな。自分の意思を凌駕《りょうが》する性衝動なんか、自尊心の高いアルファにしてみれば屈辱でしかない）

自分自身がアルファであるからよく分かる。

何事も容易《たやす》くこなしてしまえるため、全てを律することができていると勘違いしてしまっている。

そのため、自分を制御できない状況など信じたくないし、許せないのだ。

アルファは傲慢《ごうまん》で他者を威圧しがちだと言われているが、柊はあまりその性質が顕著ではなく、「言われなくてはアルファだと思わなかった」と周囲から言われることもしょっちゅうだ。

だがこれは一ノ瀬の一族の特性で、第二の性別にかかわらず、温厚で感情の起伏が少ない者が多いのだ。アルファである祖父も、似たような性格をしている。

（とはいえ、一見穏やかなように見えて腹の底に苛烈さを隠しているのが、一ノ瀬の人間の特徴でもあるんだけどね……）

祖父もニコニコと穏やかそうで『優しく懐《ふところ》の深い社長』と周囲から慕われているが、裏では冷徹とも言える無情な判断を下していることを柊は知っている。

一見アルファには見えなくとも、中身はまごうことなきアルファなのである。

羊の皮を被《かぶ》った狼《おおかみ》と言えなくもないな、とは自分を含めた肉親に対する柊の感想だ。

そんな一ノ瀬家の人間だが、もう一つ特徴的な性質を持っている。

それは伴侶を盲目的に愛するというものだ。

一ノ瀬家の人間は、男女・そしてアルファ、ベータ、オメガ問わず、自分の伴侶を盲愛し他に目を向けることは一切ない。

祖先であり壱成酒造の創業者である一ノ瀬松左衛門《しょうざえもん》は手記を残しているのだが、そこには妻を溺愛《できあい》しすぎた松左衛門が、妻から「いい加減にしろ」と怒られたという情けない記録が残されている。

さらに言えば、祖父も祖母に同様のことで叱《しか》られているのを見たことがあるし、父もまた然《しか》りである。

孫から見ても、父や祖父がその伴侶に見せる執着はなかなかどうして、尋常じゃない。わりと頻繁にドン引きしている。

その特異な性質が何をどうしたらこうも色濃く遺伝するものなのか、はたまた家の者の教育や家風ゆえにそういう考えになるのは分からないが、とにかく一ノ瀬の人間は、伴侶と定めたものを一生をかけて愛し続けるのだ。

それはまるで、一生のうちに一匹しか番《つがい》を持たず、生涯寄り添うという狼にも似ている。言い換えれば、愛というものを尊《たっと》ぶという家風なのだろう。

そんな一ノ瀬家であるから、直系の嫡子である柊に対して、性教育を徹底したのも仕方がないことなのかもしれない。

発情期《ヒート》テロの餌食《えじき》になってしまえば、愛してもいないオメガと結婚しなくてはならないことになるのだから。

幼い頃から発情期《ヒート》フェロモンに対する特殊な訓練を積んだ結果なのかは分からないが、柊はこれまでの人生においてオメガに欲情したことはなかった。

と言っても、オメガの数はとても少ないので、出会ったことがあるのは片手の数で足りるほどではあるものの、そのうちの一度はあわやという事態だった。

それは柊が高校生の時の出来事で、オメガの生徒が授業中に発情期《ヒート》を起こしてしまったのだ。

その生徒は発情期《ヒート》フェロモン抑制剤が体質に合わず、不可抗力で発情期《ヒート》を起こしてしまっただけでテロというわけではなかったのだが、それでも状況は発情期《ヒート》テロと相違はない。

フェロモンを至近距離で浴びれば、普通のアルファならばその性衝動に抗うのは困難だ。

幸いにしてクラスの中でアルファはただ一人で、そのアルファである柊はＨＣＴＣによって発情期《ヒート》フェロモンに耐性ができていた。

柊はその危険な状況下でも冷静に対応し、教師にオメガを介抱し病院へ連れて行くように指示した後、自分は教室を出て避難した。

もちろん、柊とてフェロモンを浴びて無事でいられるわけがなく、性衝動を意思の力で抑え込むのには大変な忍耐力を要したが、それでも耐え切ってみせた。

そうしたのは、別にそのオメガに対する同情からでもなければ、正義感からでもない。

ただ自分の意思に反して行動させられるのが、我慢ならなかっただけだ。

それがアルファとしての本能だろうが、許せないものは許せない。

自分を支配するのは自分でなくてはならないのだ。

（そういう点で、俺は誰よりも傲慢で、アルファ的だと思うけどね）

心の中で自分を省《かえり》みながら、柊は女性をじっと見つめた。

「……君、すごくいい匂い。でもこれ、フェロモンじゃないよね」

酔っぱらいの女性からは、フェロモンは感じない。

ただ彼女の身体からほんのりと甘い花のような香りがするだけだ。

それなのに、どうして自分はこんなにも胸が高揚しているのだろう。

彼女を見ているだけで心拍数が上がるし、その白い肌に触れてみたくて仕方ない。

もっと言えば、熟れた果実のように艶やかな唇を、食べてしまいたい。

(ああ、美味しそうだな……)

彼女の全てに、堪《たま》らなく柊の食指が動く。

その愛らしい容姿で、そのベルベットのような心地好い声で、その得も言われぬ香りで、彼女は柊を瞬く間に虜にした。

(本当にいい匂いだ……ジャスミン？　いやネロリか？　……違うな、もっと淡くて、ほんの少しミルキーで……)

頭の中でその柔らかい香りを分析しようとしていると、彼女が大きな目をこちらに向けてきた。

飴色《あめいろ》のキラキラとした瞳と視線がかち合って、ドキリと心臓が跳ねる。

「……あなた、だあれ？」

酔っているせいで据《す》わった目つきだったが、その物言いが拙《つたな》くて笑ってしまう。

「ちょっとぉ、なんで笑うのぉ？」

「ふふ、ごめん。君が可愛くて、つい」

心のままに言うと、彼女は目をパチリと瞬かせた。

だがすぐに怒ったようにジロリと睨《にら》みつけてくる。

「わたしはぁ、可愛くなんかないわよぉ、ウソばっかり！」

意外な発言に、酔っぱらい相手だというのに柊は目を見開いた。

「え？　どうして。こんなに可愛いのに」

「可愛いのはぁ、咲良ちゃんとか、羽衣ちゃんとかなの！　私じゃぁ、ない！」

(桜《さくら》？　宇井《うい》？)

彼女の知人の名前だろうか。

どうやら彼女が『可愛い』と認識している人物らしい。

その人たちはよほど整った容姿をしているのか、あるいは彼女にコンプレックスがあるせいなのかは分からないが、彼女は自分を可愛いとは思っていないらしい。

「どうして。俺には君が可愛くて堪らないけど」

柊が言うと、彼女はまたパチパチと瞬きをして、コテンと首を傾《かし》げた。

「可愛い？　わたしが？」

「うん」

「ふーん……」

可愛いと繰り返されると、彼女は信じる気になったのか、少し唇を尖《とが》らせた後、へにょりと顔を綻《ほころ》ばせる。

「そっか……嬉《うれ》しい……」

はにかんだような、そのあどけなさの残る微笑みに、柊の心臓がギュンッと音を立てて軋《きし》んだ。

今しがたものすごい音を発した自分の左胸を、服の上からぎゅっと押さえながら、柊はその場にガクリと膝をつく。

（ああ……もうダメだ。これはダメだ……）

完全に落ちた。

これはもう、完全に、恋に落ちた。

恋とはこんなに簡単に落ちるものなのか。

もっとこう、命を救われたとか、人生を変えてくれたとか、心を揺さぶられるようなエピソードが起こるものなのではないか。

ほんの数分前に出会ったばかりで、相手は酔っぱらいでまともに受け答えもできていないような有様だというのに、何を基準に恋に落ちたというのか。

自分自身にそう問い詰めてやりたいが、それでも柊の魂が叫んでいる。

（この子が欲しい）

この子を自分のものにしたい。

誰にも取られたくない。

片時も離れず傍《そば》にいたい。

込み上げる欲求は衝動にも似ていた。

今すぐこの想いを遂げなくてはと、本能に急《せ》き立てられるような感覚が腹の底から込み上げてくる。

（この子が、俺の伴侶だ）

そう思った瞬間、ストンと腑《ふ》に落ちる。

（なるほど、これが、伴侶を見つけるということか）

一ノ瀬の人間が、たった一人を見つけた瞬間が、まさに今なのだ。

祖父や父が、その伴侶を見つけた時と同じように。

これまで肉親がその妻に執着する様を日常的に見せられるたび、呆れて「自分はああなるまい」と誓ったものだったが、今ならその気持ちが分かる。

彼女に対して、自分も間違いなく、祖父や父のようになるだろう。

柊はそう確信しながら、ニコリと人好きのする笑顔を浮かべた。

（警戒されては困るからな……）

見たところ、酔っ払っているせいで警戒心は薄れているようだが、それでも注意を払うに越したことはない。

人の印象は、初見時に八割決まると言われている。

無論それが絶対ではないが、好印象を植え付けておくのはとても重要だろう。

なにしろ、こちらはこれから彼女を丸ごと手に入れようとしているのだから。

「さて、可愛いお嬢さん。君はどうしてここに座り込んでいるの？」

柊が訊ねると、彼女はきょとんとした顔になって首を傾げた。

どうやら自分でもよく覚えてないようだ。

んー、と可愛い唸《うな》り声をあげながら、額に手をやって考え込む。

「えっと、……部屋にぃ、入ろうと思ったのに、開かないから……」

よく見れば、彼女の足元には青色のカードキーが落ちている。

柊が拾って確認すると、八から始まる四桁の番号が記載されていた。

（八階か。なるほど、エレベーターを降りる階を間違えたんだな）

この部屋があるのは九階で、部屋番号は彼女のカードキーの番号と末尾の数字が同じである。

（そりゃそのカードキーで開けようとしても開かないわけだ）

酔っぱらいのすることである。

柊はクスッと笑いながら、さてどうするかな、と考えた。

彼女の部屋は、このカードキーで分かる。

その部屋に彼女を送り届けてもいいが、そうなると自分は彼女の記憶から消されてしまう可能性がある。

酔っている時の記憶がないパターンは往々《おうおう》にしてある。

彼女がどの酔い方をするタイプなのか分からない以上、紳士ぶって部屋に帰すのは愚策だろう。

この出会いは、千載一遇《せんざいいちぐう》のチャンスである。

己の人生を賭けて愛する唯一に巡り会えたこの奇跡を、決して逃すわけにはいかない。

柊は何食わぬ顔でそのカードキーを床に転がっていたバッグの中に入れると、彼女の手を取って優しく微笑んだ。

「そう。きっとこのホテルの中で迷ってしまったんだね。君の部屋を探してあげるから、一緒においで。まずは水を飲もう。酔いが醒《さ》めれば、きっとすぐ見つかるよ」

普通ならば怪しすぎる誘いである。初対面の男の部屋に入れと言われて、はいそうですかと頷く女性がいるわけがない。

だが柊にとって幸いなことに、彼女は今たいへん酔っ払っている。

警戒心など持ち合わせていないかのように、こちらの言葉にコクンと頷いた。

「ん、わかった……」

あまりにも素直すぎて、柊の方が心配になってしまう。

(……多分酔っ払っているせいだろうけど、もしこれが通常運転ならかなりヤバいぞ……)

自分以外の人間にもこの調子で応じられたら堪らない。

なんとしてでも早めに彼女を自分のものにしてしまわなければ。

そう決心すると、柊は彼女の手を引いてホテルの部屋へと招き入れた。

＊＊＊

六花は目の前の男性をぼんやりと眺《なが》める。

（……すごくきれいな人だなぁ……）

顎や鼻筋はしっかりとしていて男性的なのに、目元がなんともいえず優しい、とても柔らかい雰囲気の美丈夫だ。切れ長の目なのに優しいなんて、なんだか不思議だ。

（ふーちゃんも優しそうなイケメンさんだけど、この人の方がもっと柔らかいなぁ……）

どちらも柔和な美形だが、宝石に喩《たと》えて言うなら、藤生の美しさは月長石《ムーンストーン》で、この人のは真珠《パール》だろうか。

どちらも極上の美しさだが、藤生よりも彼の方がどこか温かみを感じるのだ。

（……あれ？　そういえば、私、誰かの顔を「好き」だと思ったのは、生まれて初めてかもしれないなぁ……）

母やきょうだいたちの顔を美しいとは思うけれど、好きか嫌いかなど考えたこともない。家族の顔に対しては皆そういうものかもしれないが、六花の場合、他人の顔に対しても同じだった。

例えば、藤生の顔も美しいと思うが、好きかと言われればそうでもないと思う。

（……変なの。私、ふーちゃんが初恋のはずなのに、顔が好きじゃないなんて……）

それなのに、初対面のこの男性の顔は、とても好ましく思える。

その彼は、冷蔵庫からペットボトルの水を取り出すと、蓋《ふた》を開けずに手渡してくれた。

「はい。蓋は開いてないよ」

なるほど、飲み物の中に何も混入していないと言いたいのだろう。

飲み物に睡眠薬などを混入させてオメガを誘拐する、というのは、よくある手口だ。

「ん……？　私、オメガって言ったっけ……？」

なんだか頭がふわふわとして、自分の言動を思い出せない。

というか、そういえばそもそもこの男性は一体誰なのだろう？

はて？　と首を捻っていると、男性がクスッと笑った。

「言わなくても分かるよ。俺、アルファだから」

「あ～、アルファだから分かる、と言われて、アルファにそんな能力があっただろうかと思ったが、
アルファだから分かる、と言われて、アルファにそんな能力があっただろうかと思ったが、
すぐにその疑問はサラサラと脳の端から消えていく。

「ふーちゃんって誰？」

男性が優しい声で言いながら、ベッドに腰掛けた六花の隣に腰を下ろした。

ベッドのスプリングが沈み、六花の身体がぐらりと傾いで、彼の肩にトンとぶつかる。

「あれえ……？　ごめんなさい……」

どうしてこんなに頭も身体もふわふわなのか。

慌てて謝りながら身を起こそうとすると、ふわりと彼の匂いが鼻腔《びくう》を擽《くすぐ》った。

（わ……、いい匂い……）

マテ茶のような渋みのあるハーバルグリーンに、ほんのりとバニラの香りがする温かみのあるウッディノートだ。ひどく心地好い匂いだった。

（なんか……懐かしい……）

思わず身体を起こすのをやめ、彼に寄りかかったままスンスンとその匂いを嗅ぐ。

「えっ、ちょ、嗅いでる？」

「ん……いい匂い……」

「待って待って！　俺、今日仕事で汗かいたから……！」

肩を掴《つか》まれてぐいっと彼から引き離されて、いい匂いが遠ざかってしまった。

それが不満でムッと唇を尖らせると、彼はちょっと困った顔になった。

その頬がほんのりと赤くなっているのが、なんだか可愛い。

「いやいやいや、そんな可愛い顔したってダメだから！」

「可愛い顔……？」

可愛い、と言われて六花は首を捻る。

そういえば先ほども彼は六花に可愛いと言っていた。

六花の中で可愛いというのは、羽衣や咲良といったきょうだいたちだ。

美形すぎるきょうだいたちに混じると六花は見劣《みおと》りしてしまうため、誰かの興味を引くことなくいつも放っておかれた。

だからこんなふうに、可愛いと何度も褒《ほ》められるのは、不思議で、擽ったい。

（この人、おかしな人……）

自分のことを可愛いというのも不思議だが、彼に『可愛い』と言われると嬉しい。

六花は少々捻《ひね》くれているので、容姿を褒められても素直に受け取ることはあまりない。

（羽衣ちゃんのついでに、私も褒めとかないといけないものね）

とか、

（はいはい、咲良ちゃんの次に、だよね、分かってる）

などと皮肉っぽいことを考えてしまうからだ。

別に美しいきょうだいたちを羨《うらや》んでいるわけではなく、これまで自分に声をかけてくる者たちが、大抵自分以外のきょうだいが目当てだったせいだ。

だがこの人に褒められると、素直に嬉しいと思える。

（……だって、この人、多分、本当に私のこと、『可愛い』って思ってる……）

周囲にきょうだいがいないということもあるが、自分を見る彼の眼差《まなざ》しに嘘がないと感じられた。

濃いチョコレートブラウンの瞳が、自分のことをじっと見つめている。

まるで獲物を狙う肉食獣のような瞳だ。

獲物である六花が欲しくて欲しくて、堪らない目をしている。

六花が逃げてしまわないよう、捕らえる機会をじっくりと窺《うかが》っているのだ。

その意味を、六花は本能で理解していた。

(彼は私を欲しがっている。……私を、抱きたいと思ってる)

彼がアルファで、自分がオメガだからだろうか。

アルファは、オメガの放出する発情期《ヒート》フェロモンによって性衝動を誘発される。

つまりそのフェロモンが出ていなければ、惹かれ合うことはないはずなのだ。

(なのに、彼は私を欲しがっていて……私も、彼が欲しいと思っている)

六花は酒精《アルコール》で酩酊《めいてい》する思考の中で、普段考えないような大胆なことを思う。

誰かを欲しいと思うなんて、これまで一度もなかった。

初恋の藤生にさえも、憧れを抱いても、彼が欲しいだなんて……抱かれたいだなんて思ったことがない。

六花にとって、藤生は想うだけで満足できる、精神的な憧れの対象だった。

藤生だけじゃない。

これまで出会ったどんな人間にも、触れ合いたいという肉欲を抱いたことがない。

(それなのにどうして――)

彼には、その肉欲を抱いてしまうのだろう。

彼に触れたい。その肌に触れ、その体温を感じてみたい。

彼の匂いに包まれてみたい。

自分の五感の全てを、彼で満たしてみたい。

(どうして、この人にそんなふうに感じてしまうの……?)

六花は不思議な気持ちで、目の前の男性をまじまじと見つめる。

すると彼はバッと両手で自分の目を覆《おお》うと、悶《もだ》えるように悲鳴をあげた。

「あああその上目遣い! あと唇尖らせるのやめて! 可愛すぎて、理性が焼き切れそうになるから!」

そのセリフに、六花はプッと噴《ふ》き出してしまう。

クスクスと笑い出す六花に、男性はムッとした表情でじとりと睨《にら》んでくる。

「ちょっと、なんで笑ってるの。俺、結構必死なんですけど!」

「ふ、ふふふ、ごめんなさい……でも、あなた、なんか、可愛くって……」

まだ笑いの発作が収まらず、そのままククとまた身体を震わせていると、彼は深いため息をついて仰向けにベッドの上に倒れ込んだ。

「何それ……もう、人の気も知らないで……」

呻《うめ》くような声に、六花は笑うのをやめて彼の方に身体を向ける。

ベッドに投げ出された彼の腕の傍に手をつくと、ギシリとベッドのスプリングが軋んだ。

上から覆い被さるように彼を見下ろすと、その美しい顔が見える。

（ああ……やっぱり、きれいな人……）

柔らかく穏やかなのに、ひどく男性的で、硬質でもある。

捉え所のない美しさだ。

その美しさに、心が絡め取られて逃げられなくなってしまう。

（……逃げたくないと思うのは、愚《おろ》かなことかしら……？）

きっと愚かなことだろう。

頭のどこか裏側では、「やめろ」と理性が止める微かな声が聞こえている。

だがこの時の六花は、その理性の制止を聞かなかったことにした。

手を伸ばして彼の頬に触れてみる。

温かく滑らかな肌の感触に、心が歓喜して跳ねるのを感じて微笑むと、彼が閉じていた瞼《まぶた》をパチリと開いた。

チョコレート色の瞳と目が合って、ドキリと心臓が音を立てる。

彼の瞳に熱い欲情が渦巻いているのを見て、六花の腹の奥がジクリと疼《うず》いた。

(蕩《とろ》けてしまいそう……)

彼の眼差しの熱で、ドロドロに溶けてしまいたい――そんな妄想をしていると、彼が言った。

「気をつけて。君、今すごく危ういことをしてるよ」

その警告に、六花は微笑んで頷いた。

「知ってるわ」

だが彼は少し眉根を寄せる。

「……本当に？　さっきも言ったけど、俺の理性、もうギリギリだから。引き返すなら今だよ。……じゃないと、止まれる自信がない」

言いながら、彼が奥歯を噛《か》み締めるのが分かった。

我慢をしているのが伝わってきて、六花は目を細める。

ギリギリだというのは本当らしい。

「……止まらなくていいの」

囁《ささや》くように言うと、彼の目が見開かれた。

その目の奥の歓喜の色に、六花は自分の身体の芯が震えるのが分かった。

(――なんだろう、この感覚……。私、嬉しいの……？)

そう自問しているうちに、六花の身体がどんどんと熱くなっていく。

下腹に熱がこもり、ドクドクと心臓が早鐘を打ち始めた。

酔っていてただでさえぼうっとした頭が、さらに白く霞《かす》んでいく。

(何……これ……？)

急激に襲ってきた身体の変化に戸惑いながらも、六花はなんとか考えようと必死に頭を回転させる。

だが身体の熱は高くなる一方で、名状しがたい苦しさに襲われ、身悶《みもだ》えした。

(く、苦しい……、私の身体、どうなっているの……？)

誰か助けて、と言いたいのに、苦しさのあまり口から出てくるのは喘《あえ》ぎ声だけだ。

「……っ、はぁっ、ぅうっ……」

「どうした？　苦しいのか？」

急に六花の様子がおかしくなったことに気づいたのか、彼が真剣な声で訊ねてくる。

その柔らかい低音に、六花は朦朧《もうろう》とする意識を凝らして彼の方へ視線をやった。

霞む視界に、なぜか彼の瞳だけは鮮明に見える。

「……た、たす……」

助けて、と言おうとした時、得も言われぬ心地好い匂いが六花の鼻腔を擽った。

(——あ、これ……)

彼の匂いだ。そう思った瞬間、六花の身体がビクンと痙攣《けいれん》する。

「はぅっ……！」

鼻から脳に直撃するような強い刺激は、快感だった。

痛いほどの快感が、雷のように六花の全身を貫く。

身体が火のように熱い。

まるで内臓から燃やされているかのようだ。

それなのに汗が出てくることはなく、その代わりにじわりじわりと噴き出すのは、蜂蜜みたいな濃厚な甘い香りだった。

(……これ……フェロモン……？)

霞む思考でぼんやりと思いついたのは、発情期《ヒート》フェロモンのことだ。

小清水家のオメガは、第二の性が発現した時から、投薬によってフェロモンコントロールを徹底される。

オメガが発情期《ヒート》になると、そのフェロモンに誘われたアルファに襲われる可能性を高めてしまうため、薬で発情期《ヒート》を抑え込んでいるのである。

だから六花はこれまで一度も発情期《ヒート》を経験したことがなかった。

（でも、これは……）

発熱、過呼吸、意識混濁――いずれも発情期《ヒート》の症状だ。

（薬を飲んでいるから、起きないはずなのに、どうして……？）

原因は分からないが、こうなった以上、必要なのは緊急フェロモン抑制剤だ。発情期《ヒート》が起きてしまえば、毎日飲む経口薬では役に立たないため、注射によって高濃度の抑制剤を投与し症状を緩和させる必要がある。

オメガは一度発情期《ヒート》状態になると、アルファとセックスするまでフェロモンを出し続けるため、注射薬でも完全には治めることができない。

それでも数日間点滴で抑制薬を投与し続ければ、症状はかなり緩和するのだ。

数日間入院を余儀なくされるが、背に腹は代えられない。急いで病院へ行かなくてはいけない。

混乱し、発情期《ヒート》の苦しみに喘ぎながらも、この危機の回避策を頭の中で考えていると、彼が六花のフェロモンに気づいたらしい。

ハッとした表情で六花の肩を掴んだ。

「この匂い……、フェロモン!? 君、発情期《ヒート》を起こしたのか！」

切羽詰まった物言いに、六花もまたハッとなった。

(あ……、そうだ、この人、アルファだった……!)

苦しさから失念していたが、この男性はアルファだ。

つまり、自分のこの発情期《ヒート》フェロモンで強制的に発情させられてしまうということだ。

オメガは発情期《ヒート》中にアルファと性行為をすると、高確率で妊娠する。

彼に抱かれてもいいと思ってはいたが、さすがに発情期《ヒート》状態でそんなことをする危険を冒すわけにはいかない。

六花は震える四肢に鞭打《むちう》って、少しでも彼から離れようと身を起こした。

そのままズルズルとベッドの端へ移動していると、彼に引き止められる。

「何してるんだ? じっとしてて。具合が悪いんだろう?」

こちらを心配するように言ってくれているが、彼の声色はひどく苦しげだ。

六花のフェロモンにあてられて、発情しているからだろう。

性衝動を意思の力で抑え込んでいるのだ。

(なんて強い精神力なの……)

発情期《ヒート》フェロモンを浴びて、アルファ特有の性衝動を抑え込める者などほとんどいない。

それほど抗《あらが》い難《がた》い衝動だからこそ、発情期《ヒート》テロなどという言葉が生まれたのだ。

「……だめ、私、発情期《ヒート》、起こしてしまっているからっ……！　あなたは、逃げて……！」

自尊心の高いアルファにとって、発情期《ヒート》テロの犠牲になることは屈辱である。

子どもの頃からそう教えられてきたから、六花は祈るようにして言った。

（この人に……嫌われたくない……！）

互いに合意で抱き合うのと、発情期《ヒート》テロとでは大きく違う。

アルファにとって前者は好意によるもので、後者は嫌悪しか残らないものだ。

出会ったばかりの相手だけれど、特別な何かを感じた人だ。

もう二度と会えないとしても、嫌われたくなかった。

「お願いっ……、早く……行って……！」

切羽詰まる六花とは裏腹に、彼は全く動こうとしない。

どうして行かないんだ、と涙の滲《にじ》む目で彼を睨むと、彼は苦しげな呼吸をしながらも、真剣な表情で首を横に振った。

「行かない。こんな状態の君を放って、行けるわけないだろう」

（ああ……！　もう、この人は……！）

彼の言葉に、六花は泣きそうになる。

自分自身も六花のフェロモンにあてられて相当に苦しいだろうに、彼は六花のことを心配してくれているのだ。

（なんて、優しい人……）

肉欲に負けない強靭《きょうじん》な精神力を持っているだけじゃなく、自分の危機にあっても他者を慮《おもんぱか》ることのできる、優しく高潔な人だ。

そんな人だからこそ、絶対に自分の発情期《ヒート》テロに巻き込みたくない。

六花は歯を食いしばって、苦労して微笑みを作った。

「……だい、じょうぶ。私は、なんとかなるから……。懇意にしている、病院が、あるの。連絡すれば、来てくれるはず……。だから、あなたは、行って……」

それは事実だ。小清水家にはお抱えのフェロモン専門医がいる。

めぐみ先生と呼ばれているその女医には、六花も幼い頃から診てもらっているから、電話をすれば対応してくれるだろう。

（問題は、それまで意識を保っていられるかどうかだけど……）

発情期《ヒート》の苦しみで、頭はぼうっとしているし、視界は白く霞がかかり、熱のせいか身体はじんじんと疼いて内側から溶け出してしまいそうだった。

（私が意識を保っているうちに、どうか逃げて……）

そう祈っているのに、彼はまだ動こうとしない。

それどころか、六花の頬を包み込むようにして触れてきた。

「……っ、だめ、近づかないで……」

近づけば近づくほど、フェロモンを浴びてしまう。

叫んだつもりが、喉に力が籠もらず、掠《かす》れた囁きのようになった。

六花がこんなにも焦っているというのに、彼はあろうことか微笑みながら深呼吸するように鼻から息を吸い込んだ。

「だ、だ、め……！」

「ああ……すごい匂いだな。濃くて、甘くて、脳が溶けそうだ……。発情期《ヒート》フェロモンは何度か嗅いだことがあるけど、君の匂いが一番甘い」

うっとりとした口調で言われ、六花は混乱してしまう。

発情期《ヒート》フェロモンを何度も嗅いだことがあるなんて、つまりオメガの発情期に何度も遭遇したことがあるということだろうか。

絶滅危惧種とまで言われるくらいオメガの数は少ないというのに、そんなことがあり得るのか。

頭の中でぐるぐるといろんな考えが巡ったが、それどころではない。

六花は涙目になりながら、自分の頬に触れる彼の手を掴んだ。

「ま、待って、お願い、そんなことを言っている場合じゃ……！　お願いだから、逃げて……」

「逃げないよ。逃げるわけないだろう？　俺のための番《つがい》が、俺のために発情しているっていうのに、逃げるバカがどこにいる？」

「つ、番《つがい》……？」

思いがけないことを言われ、六花は目を瞬く。

番《つがい》とは、アルファとオメガの間で発生する特別な関係のことである。

不特定多数のアルファに反応し、発情期《ヒート》を起こしてしまうという厄介な性質を持つオメガだが、特定のアルファと『番契約《つがい》』をすることで、そのアルファ以外に発情期《ヒート》を起こさなくなる。

『番契約《つがい》』は、発情期《ヒート》を起こした状態で性行為をし、その間に相手のアルファに首を噛んでもらうことで成立する。

つまり番《つがい》とは『番契約《つがい》』をした相手のことを指すのであって、彼と初対面の自分が彼の番《つがい》であるわけがないのだ。

「わ、私、あなたの番《つがい》じゃない……」

フルフルと首を横に振ると、彼は嫣然《えんぜん》と微笑み、六花のメガネをそっと外した。

ただでさえ霞んでいた視界が、さらに霞む——はずなのに、どうしてだろうか。

彼の顔だけは、妙にハッキリと視《み》える。

そのしっかりとした輪郭、切れ長の涼やかな目、高い鼻梁に、形の良い唇……他の物は全て霞んでいるのに、六花の目は彼の姿だけは明瞭に捉えていた。

半ば呆然《ぼうぜん》と彼の美しい顔を眺めていると、彼はそのチョコレートブラウンの目に強い意志の色を浮かべて、宣言するように言った。

「いいや。会ってすぐ分かった。君が俺の番《つがい》だ」

君が俺の番《つがい》だ――鼓膜に響いた彼の声が、六花の内側に染み込むように浸透していく。

「あなたが、私の、番《つがい》……」

口に出すと、その言葉はしっくりと自分に馴染《なじ》んだ。

その感覚は、まるで乾いた大地に雨水が吸い込まれていく様にも似ていて、六花はこの時初めて、自分がずっと渇いていたことに気がついた。

何をしても中途半端、自分に自信がなく、いつも何かを求めていた。

足りない自分を補わなくては、何者かにならなくてはと焦っていた。

だがその飢餓感《きがかん》は、自身に求めるものではなかったのかもしれない。

寄り添って慈《いつく》しみ合う、自分だけの誰かを求めて、飢《う》えていたのかもしれない。

（そうか……私、ずっとずっと、この人を待っていたんだ……）

自分自身ですら気づかなかった渇きを、潤して、満たしてくれる人を。

六花は手を伸ばして彼の頬に触れた。ちょうど、彼がしているのと同じように。

互いに鏡のように微笑み合うと、どちらともなく顔を近づけてキスをした。

触れるだけのキスは、けれどようやく巡り会えた相手を確かめ合うような、労《いたわ》りに満ちた触れ合いだった。

「あなた、だったのね……」

キスの合間に唇を離して囁くと、彼は目だけでうっそりと笑う。

「そうだよ。俺たちは番《つがい》だ。……ようやく、会えたね」

＊＊＊

甘ったるい花の蜜のような匂いが、部屋中に充満している。

夏の夜に芳香で人を魅了する月下香《チュベローズ》に似たその香りは、けれど決して花そのものの香りではない。

花のようでありながら、蜜のようでもあり、果実のような瑞々《みずみず》しさもある。

(当たり前だ。唯一無二の、彼女の匂い――俺の番《つがい》の匂いなのだから)

オメガの発する発情期《ヒート》フェロモンの香りは、個体によって千差万別だと言われている。

それはそのフェロモンを受け取るアルファの感じ方にもよるからだろう。

「ああ、クラクラする。脳が焦《こ》げそうだ……」

クツクツと笑いながら呟《つぶや》き、柊は白い柳腰《やなぎごし》を両手で掴むと、さらに激しく腰を打ちつけた。

肌と肌がぶつかり合う音が響き、接合部から粘着質な水音が立つ。

この交わりの前に、柊はすでに二度彼女の中で果てており、その時の精液と彼女の愛液が混ざって白く泡立っている。

避妊など、端《はな》から概念にない。

自分たちは番《つがい》同士だと、抱き合う前に確認し合ったし、彼女を逃す気がない柊にとっては絶好の機会だ。

酔いが覚めた彼女が我に返って柊との絆《きずな》を否定しても、これを既成事実に結婚まで持ち込むつもりである。

(非道だろうが外道だろうが、なんとでも言えばいい。必ず君を俺のものにする)

一ノ瀬家の人間に番《つがい》と見做《みな》されてしまった以上、たとえ嫌だと思ったとしても、彼女には諦めてもらうしかないのだ。

それに、彼女は発情期《ヒート》を起こしている。

発情期《ヒート》を起こしたオメガは、アルファとセックスして膣内射精されないと治まらないのだから仕方ない。

「ぁあっ、あっ、ぁあんっ、ら、めぇっ、そんなしたらっ……またイク……っ、イッちゃうからぁっ」

甲高い嬌声《きょうせい》で鳴きながら、イヤイヤと首を振るのは、巡り会えたばかりの柊の番《つがい》だ。嫌だと言いながらもその頬は赤く上気し、より深く男を咥《くわ》え込もうと細い腰をくねらせている。

どこかあどけなさの残る愛らしい美貌は、涙で濡《ぬ》れてぐちゃぐちゃになっていてもなお、こちらの心を鷲掴《わしづか》みにしてくる。

先ほどまで清らかな処女だったとは思えないほど、彼女は淫《みだ》らで妖艶《ようえん》だ。

その愛らしい顔、いやらしい躰《からだ》、柔らかく響きの良い声、表情に至るまで、彼女は全てで柊を魅了して虜にする。

うっとりと番《つがい》の痴態《ちたい》を眺め下ろしながら、柊は彼女の膣内《ナカ》を穿《うが》つスピードを緩めないまま言った。

「いいよ、イッて。何度でもイッてよ。可愛い君が見たいから」

「や、やぁ、もう、いっぱいイッたから……！」

柊の言葉に、彼女は目を見開いてまたイヤイヤと首を振る。

そういう割に、彼女の蜜筒は柊の熱杭をぎゅうぎゅうと締め付けているのだが、気づいているのだろうか。

男根を包み込むつぶつぶとした媚襞に愛おしむように蠕動《ぜんどう》されて、腰の辺りにゾクゾクとした快感が込み上げてくる。

「ああ……最高、君のナカ、天国みたいだ……」

恍惚《こうこつ》と呟いて、柊は彼女に覆い被さってキスをしながら、さらに激しく腰を穿つ。

片手で鞠《まり》のような乳房を揉《も》みしだき、その上で尖る可愛い乳首を指で捻り潰《つぶ》すと、膣内《ナカ》がぎゅうっと収斂《しゅうれん》して柊の漲《みなぎ》りを締め付ける。

彼女が感じていることに悦《よろこ》びを覚えながら、腰を振って蜜路を掻《か》き回した。

こうすると、彼女の奥から愛液がさらに溢れてくることを、柊はもう知っている。

「んぅ、んっ」

上の口は柊の舌で、下の口は柊の男根で塞《ふさ》がれた彼女は、可哀想《かわいそう》に涙と涎《よだれ》と愛液でぐちゃぐちゃだ。

こんなにぐちゃぐちゃにされながらも、彼女の舌は柊の舌を健気《けなげ》に受け止めているし、蜜襞はもっともっとと絡みついて締め上げてくる。

(これがオメガだからなのか……それとも俺の番《つがい》だからなのか)

後者であることが好ましいが、いずれにせよ彼女が快楽に弱い体質であることは大変素晴らしい。

破瓜《はか》の時にはさすがに痛みを覚えていたようだったが、それもさほどではなかったのか、すぐに感じるようになってくれた。

彼女に痛い思いや辛《つら》い思いをしてほしくはないので、それは本当に幸いだったと思う。

キスをやめて唇を放すと、とろりと快楽に酔いしれた女の顔があって、柊はまたうっそりと笑った。

「ああ、なんていやらしい顔。最高だよ。ついさっきまで処女だったとは思えないな……」

クスクスと笑いながら腰を揺すれば、彼女はくしゃりと顔を歪《ゆが》めて泣きそうになった。

「やあ……言わないでえ、そんなこと……」

「どうして。いやらしくて、可愛くて、最高ってことだよ」

その泣きそうな顔も堪らない。ゾクッとするような悦びを覚え、柊はごくりと唾を呑む。

「ほら、もっと感じて」

そう言って上体を起こし、ピストンを繰り返したまま彼女の脚の間に手を伸ばした。

パンパンに張り詰めた男の肉竿を咥え込まされている様は、見ているだけで満足感が湧いてくる。

口元が自然と綻ぶのを感じながら、泡立った愛液で乱れた蜜口の上に、皮を被ってヒクついている肉粒を見つけると、指の腹でそれを撫でてやった。

「ヒァッ！」

敏感な肉芽を弄《いじ》られて、彼女が分かりやすく嬌声をあげる。

「あっ、あぁっ、ヤァっ、それ、だめ、ああっ」

身体を仰け反らせて喘ぐ彼女に気を良くして、くりくりと執拗《しつよう》に陰核を撫で続けると、彼女の肉筒がわなわなと収斂し始めた。

襞が雁首の括《くび》れに入り込み、男根を擽りながらキュンキュンと締め付けてきて、柊の快感の波も堰《せき》を切った。

（ああ、くそ……！）

絶頂の予感に、柊は心の中で悪態をついた。

もっともっと彼女を味わっていたい。

できるだけ長く、このいやらしく乱れた自分の番《つがい》の痴態を眺めていたい。

だが今夜は彼女の体力的にも時間的にも、これが限界だろう。

もう窓の外が白み始めているのが、カーテンの隙間から漏れる光で分かった。

「あ、あ、あ！　イク、だ、めぇ！　も、イク！　イクからぁ……っ！」

獣《けもの》のような悲鳴をあげながら白い肢体が弓形《ゆみなり》になり、媚肉の締め付けがより一層強くなる。

ゾクゾクとした射精感が柊の腰から背中に這《は》い上がり、睾丸がずっしりと重くなった。

「──っ、イケ！　俺も、もう……！」

最後の解放を目指し、柊はがむしゃらに腰を振る。

激しい抽送に粘度の増した淫液が飛び散り、赤く腫れた女陰がひくひくと戦慄《わなな》いた。

隘路《あいろ》の最奥を穿つたび、それに呼応するように淫らな襞がまだ奥へと呑み込むように蠕動する。

「ヒ、ぁあああああっ！」

重い一突きの後、彼女が大きく身を痙攣させながら絶頂した。

痛いほどにぎゅうぎゅうと締め付けられて、柊もまた高みへ駆け上がる。

「──クッ、ぁ……ッ！」

眩暈《めまい》がするほどの愉悦と解放感を覚えながら、彼女の子宮に向かって勢いよく吐精する。

みっちりと蓋をするように男根を根本まで押し込み、彼女の胎《はら》にどぷどぷと自分の精液を流し込んでいる感覚に、頭がおかしくなるほどの満足感を得た。

彼女を見れば、絶頂が過ぎたのか、瞼を閉じて眠ってしまっている。

汗と涎と涙に塗れた彼女は、女神のように美しかった。

柊はその白い頬を指で撫でた後、乱れた髪を撫で付けて細い頸《くび》を露《あら》わにする。

「……愛しているよ。これでもう、君は俺のものだ」

そう呟きながら、彼女の項《うなじ》に噛みついたのだった。

第二章　過ちの後

「自分が何をしたか、分かっているんでしょうね、六花《りっか》」

静かだが確実に怒りを孕《はら》んだ美しい声に、六花は青ざめて立ち尽くした。

目の前に仁王立ちしているのは、美しき『かぐや姫』こと、母、小清水夜月《こしみずよづき》である。

どこかのお偉方と会合でもあったのか、射干玉《ぬばたま》の艶《つや》やかな髪を結い上げ、淡い薄柿色《うすがきいろ》に辻ケ花《つじがはな》の咲く訪問着を見事に着こなしていて、女神のような雰囲気《オーラ》を放っている。

ただ立っているだけでも存在感がすごいのに、今の母の身体からは怒りの波動が漏《も》れ出ていて、それがまた彼女の迫力を増長させていた。

母の背後には困ったような顔をした父が寄り添い、六花のことを静かに見つめている。

周囲には姉の羽衣《うい》をはじめとするきょうだいたちが集い、ハラハラとした表情で事の顛末《てんまつ》を見守っていた。

長女の羽衣、三女の咲良《さくら》、四女の麻央《まお》、そして末の双子の八雲《やくも》と東雲《しののめ》だ。

麻央と双子に至っては、留学中だというのに、事情を聞いて慌てて帰国して駆けつけてくれたのだ。

六花といえば、母の怒りの前に顔色を紙のように白くして、ひたすら俯《うつむ》いている。

「黙っていちゃ分からないわよ。自分が何をしでかしたのか、ちゃんと自分の口で説明なさい」

母の声量は大きくはない。それどころか、落ち着いていて静かなくらいだ。

それなのに、その声に宿る力のようなものが強すぎて、六花には激しい叱責《しっせき》を受けているような気持ちになってしまう。

昔から、母が怖かった。

母は厳しい人だ。子どもたちにも小清水家の人間として、勉強や運動だけでなく教養においても高い水準を求めたし、それが当然だという教育方針だった。

だがそれは小清水家を背負う当主である以上仕方のないことだし、他のきょうだいたちはそれを難なく受け入れている。

(私は、小清水の血が薄いから……)

他のきょうだいたちは皆、あらゆる点で能力が高い。

末の双子の弟、八雲と東雲はアルファだから当たり前としても、姉や妹たちはオメガだというのに、アルファと遜色ないほど優秀なのだ。

それは姉や妹たちが、アルファに似た気質を持つ『女神胎《めがみばら》』のオメガだからだ。

もちろん母から生まれた六花もその『女神胎』のはずなのだが、どうしてか六花はオメガの性質の方が強く、きょうだいたちのように容易《たやす》く結果を出すことができなかった。

必死に努力しなければ、母の課すボーダーラインを超えることはできなかったし、いつだって及第点スレスレだった。

（……ママは、私のことを『出来損ない』だと思っているんじゃないかしら……）

それは六花がずっと心の中に秘めた、情けない自虐だ。

母の口からそんな言葉が出てきたことは一度もないし、また他のきょうだいと六花を差別したことはなかった。

そもそも、母は六花の努力を毎回褒《ほ》めてくれていた。

だからこれは完全に、六花の自信のなさからくる妄想だ。

(分かってる。私を『出来損ない』だと思ってるのは、私自身……）

分かってはいても、いつか母にそう思われてしまうのではないかと、どこかで考えてしまうのだ。

（……今日が、その日になるのね……）

母に呆《あき》れられ、見捨てられる——その日が、今日だ。

だが、それだけのことをした自覚がある。

(でも、それでも、これだけは、絶対に譲れない……！)

そっと自分の腹に手を置くと、六花は目を閉じて覚悟を決め、震える唇を開いた。

「……お腹に、赤ちゃんができました。相手は、先月、金沢《かなざわ》で会った行きずりのアルファです。その時に、番《つがい》契約もしてしまいました」

六花のセリフに、すでに事情を知っているはずのきょうだいたちが、改めて息を呑《の》むのが分かった。

そんな大胆なことを、きょうだいの中で一番気が小さくおとなしい六花がするなんて、信じられなかったのかもしれない。

六花が最初に相談したのは、咲良だった。

咲良とは最も仲がいいし、六花が過《あやま》ちを犯した夜に一緒に呑んでいたため状況を知っていたこともあって、相談しやすかったのだ。

その咲良が、母に報告する際にはきょうだいたちが傍《そば》にいた方がいいとアドバイスしてくれた。

『ママの怒りから守ってくれる人数は多い方がいいでしょ』

咲良は正しい。

小清水のきょうだいたちはとても仲が良く、結束力も固い。きょうだいのうちの誰かが窮地《きゅうち》に陥《おちい》れば、なんとかしようと手を貸すのが当たり前だと思っている。六花とてそうだ。

だが、いくらきょうだいが守ってくれようとしても、母の怒りは相当なものだろう。なにしろ、母の許しなくアルファと番《つが》っただけでなく、その子どもまで孕んでしまったのだから。

小清水家の子どもは、恋愛結婚を許されない。

全て当主の選んだ相手と、家のための政略結婚をするのだ。

小清水家の『女神胎』を欲しがるアルファの名家は多く、そういった家と婚姻関係を結ぶことで、力の均衡を保っている。

言い方が悪いかもしれないが、小清水家において、子どもは最も重要な商品なのである。

だから母は子どもたちの結婚相手を慎重に吟味しており、羽衣以外のオメガの娘たちの相手を未だに定めていない。

羽衣はすでにこの国屈指のアルファの名家、王寺《おうじ》家の次期当主に嫁いでいるし、現在婚約が決まっているのは八雲と東雲だけだ。

二人はアルファであるため、当然だが『女神胎』ではない。

だから相手を選ぶ際にそこまで慎重にならなくても良かったのだろう。

とはいえ、彼らの婚約者も相当な家の令嬢だ。

母が六花以下三人のオメガの娘の輿入《こしい》れ先をそれほど慎重に選んでいるのは、この三人のうちの一人が、この小清水家の当主にならなくてはいけないからだ。

小清水家の当主は、代々オメガと決まっている。

本来ならば長女の羽衣が相応《ふさわ》しかったが、彼女は生まれる前から王寺家との婚姻が決まっていた。

よって下の三人から選ぶことになるのだが、年齢の順でいけば、次女である六花を次期当主に据えるのではないかと言われていた。

その六花が、名も知らぬ行きずりのアルファと番《つが》っただけでなく、子どもまで孕んだというのだから、母の怒りが爆発しても仕方のないことなのだ。

「そのアルファとはそれきり、一度も会っていないし、会うつもりもありません。ですが、私はこの子を産みます」

六花は顔を上げて、母の目を見据えて言った。

その瞬間、母の目が燃えるように鋭《するど》い光を放つ。

眉間に皺《しわ》を寄せ、美しい目を吊《つ》り上げて、白い額には青筋が立っている。

「……それがどういう意味か、分かって言っているの？」

低い唸《うな》り声のような声だった。

こんな母の声は、これまで一度も聞いたことがない。

いつだって厳しい人だったが、いつも口調は穏やか、美しい顔《かんばせ》には微笑《ほほえ》みが浮かんでいて（それがかえって恐ろしい時もあるのだが）、声を荒らげたり怒りの形相を作ったりしたことがなかった。

その母が、ここまで怒りを露《あら》わにするなんて――。

恐ろしさと不安に、六花の背中に冷たい汗が伝った。

このお腹の子どもを産むということは、小清水家の子どもとしての役割を放棄するということだ。

当主として、母がそれを認めるわけにはいかない。

それを許せば、他のきょうだいたちに示しがつかないし、小清水の『女神胎』を求める他家のアルファたちに隙を与えてしまうことになるからだ。

金も権力も持つアルファたちは、その気になれば『女神胎』を攫《さら》って無理やり『番契約《つがい》』をし、「当人たちが愛し合っているのだ」と言い張ることだってできる。

『番契約《つがい》』をされてしまえば、オメガはそのアルファ以外では発情期《ヒート》を治められなくなってしまうため、別れることなどできない。

これに対して、アルファの方も同じかと言えばそうではなく、アルファは番《つがい》以外のオメガや、ベータとも性交渉を持つことができてしまう。

不公平な現実ではあるが、このせいで昔はオメガをオモチャのように扱って、『番契約《つがい》』をしたのに捨てるという不届きなアルファが大勢いたらしい。

現在ではもちろん違法行為であり、厳しい罰則が与えられるが、アルファの中には法の目を掻《か》い潜《くぐ》り、子を産ませるために複数のオメガを誘拐して無理やり番契約《つがい》を行い、囲い込んでいるという悪党もいるらしい。

オメガを誘拐して強姦するようなアルファがまともなわけがなく、もしそんなことになれば不幸になるのは目に見えている。

母はそんな事態から子どもたちを守ろうと必死になってくれているのは、家族全員が理解している。

つまり六花のやろうとしていることは、母の努力を水の泡にしてしまいかねないものなのだ。

（ママが築き上げてきたものを壊さないためには、私を小清水の家から追い出すしかない……）

『小清水のルールに従えない者は、小清水の者ではない』

そういう扱いをしないと、碌《ろく》でもないアルファに小清水家は食い尽くされてしまうだろう。

母から見放されるのは、とてつもなく怖い。

小清水家に生まれ、これまでずっと守られてきた人生だった。

世間知らずで箱入りのお嬢様である自覚があるだけに、自分のやろうとしていることが無謀なのではないかと思えてならない。

（――でも、私はこの子を守らなくちゃいけないから……！）

お腹に芽生えてしまった命は、母親である六花しか頼れない。

六花が守らなくては、この子は消されてしまうのだから。

震えそうになる喉に力を入れて、六花はしっかりと母と目を合わせ、頷《うなず》いた。

「――はい。私は、この子を選びます」

自分の腹に置いた片手に、もう片方の手を重ねて宣言すれば、母の顔がクワッと般若《はんにゃ》のように変わった。

そのあまりの迫力に、六花も周囲もヒッと息を呑んだが、母は次の瞬間スッと怒りの表情を解いて真顔に戻り、くるりと踵《きびす》を返した。

「そう。ならばあなたはもう小清水の人間ではありません。今日中にこの家から出ておいきなさい」

淡々とした声音で言い置くと、母はそのまま部屋を出ていった。

「夜月」

父が声をかけたが、珍しく母を追おうとはせず、六花の前に静かに歩み寄ってくる。

六花といえば、母に告げられた勘当宣告に、分かっていたはずなのに呆然《ぼうぜん》としてしまっていた。

本当にやってしまったのだ、という実感に今更ながら襲われて、自分の失ったものの大きさに、涙がボロボロと溢《あふ》れてくる。

父はそんな六花の前に立つと、困ったような微笑みでおもむろに娘の頭に手を置いた。

大きな手でヨシヨシと撫《な》でられ、六花は涙の滲《にじ》む目で父を見上げる。

父は相変わらずどこか抜け感のある端正な容貌で、その抜け感が妙にゾクっとするような魅力を醸し出している。

母の圧倒的な美しさに隠れがちだが、このアルファの父も相当な美貌の主なのだ。

そして目尻の下がった飴色《あめいろ》の瞳が、自分とそっくりだ。

「……パパ」

「そんなに泣いてちゃダメだろう。ママになるって決めたんだろう？」

「……っ！」

六花はハッとしてメガネを外し、涙を拭《ふ》いた。

父が自分のした選択を理解してくれているのが分かって、萎《な》えそうになっていた力が再び湧いてきた。

「……うん。そうだった。ママになるんだから、しっかりしなくちゃね！」

メガネをかけ直して微笑んで頷くと、父はどこか寂しそうで、けれど愛おしむような眼差《まなざ》しを向けてくる。

「……大きくなったなぁ、六花。いつまでも子どものままでいるような気がしていたけど」

「……もう、二十五歳だよ、私」

「まあ、そうなんだけどねぇ」

呟《つぶや》くように言って、父は六花の手を両手で握ると、真剣な目をして言った。

「お前なら大丈夫だ、六花。お前は僕と夜月の子だ。強く美しい、この小清水の宝玉だからね」

「パパ……！」

力強く自分を肯定され、六花の涙腺がまた一気に緩む。ブワッと込み上げた涙をそのままに、背の高い父に抱きついた。

父は娘を優しく抱き返しながら、ゆっくりと背中をさすってくれる。

「夜月も分かってるよ。だがあせざるを得ないんだ」

「……うん。うん、分かってる……」

涙の絡む声で頷きながら、六花は父の胸の中でわんわんと泣いた。

――これが、父との最後の抱擁になることを理解しながら。

＊＊＊

約一ヶ月前――あの過ちの一夜が明けて目を覚ました時、六花は呆然とした。

自分の目の前に、知らない男性の寝顔があったからだ。

（えっ!?　誰!?　っていうか、ここはどこ!?）

喫驚《きっきょう》しすぎたせいか、起き上がることも声を出すこともできず、男性の顔を見つめたまま硬直してしまった。

だが身体は固まっていても、頭の中はすごい勢いで動いていて、昨夜の失態の記憶が少しずつ蘇《よみがえ》ってきた。

（……ええと、確か私、咲良ちゃんとホテルのバーでお酒を呑んで、ふーちゃんへの失恋を言い当てられて、それで……）

咲良の前で泣いて慰《なぐさ》められて、ヤケ酒を呑みまくったのだ。

その日六花は、師事している茶道の師範の手伝いで金沢の茶会に参加していた。

派手な動きや突出した才能の必要ない茶道は六花の性《しょう》に合っていて、子どもの頃からやっていた手習いの中で唯一今でも続けているものだ。

長くやっているせいで、いつの間にか茶名《ちゃめい》までいただくほどになってしまい、最近では師が茶会に参加する際にはお供するようになっていた。

今回も師のお供で金沢へやって来ていたのだが、金沢には妹の咲良が住んでいるため、仕事を終えた後彼女と会う約束をしていたのだ。

（ええと、バーを出た後、咲良ちゃんと別れて……それから私はホテルの部屋に……）

だがなぜか、カードキーを何度入れても部屋の施錠が解かれず、困ったのを思い出して、ハッとなった。

（こ、この人、あの時の、親切な男の人だ！）

開かない部屋に困って、しゃがみ込んでいた六花に声をかけ、部屋に入れてくれた。

あの時はてっきり自分の部屋を開けてくれたのだと思っていたが、あれはおそらく彼の部屋だ。

酔っていない頭で考えればすぐ分かる。

六花のカードキーで開かなかったのは、それが違う部屋だったからだ。

酔っていて部屋を間違えていたに違いない。

(わ、私ったら、何を考えていたの……!?)

酔っていたとはいえ、初対面の男性の部屋にのこのこ入り込むなんて、襲ってくださいと言っているようなものだ。

(……でも、彼は私を襲おうとしたりしなかった……)

どちらかといえば、男性は踏みとどまろうとしてくれていて、六花の方が迫った気がする。

(だって、だってすごくいい匂いがして、『可愛《かわい》い』って言ってくれたんだもん……!)

そう思って、自分で自分に絶望する。

昨日は運命的な何かを感じたつもりだったが、こうして言葉に出してみると、あまりにも浅慮で短絡的な理由ではないか。

(あ……待って、私……その後、急に身体が熱くなって……!)

脳裏に蘇るのは、昨夜のあられもない淫《みだ》らな記憶だ。

のこのこと知らない男性の部屋に入り込み、彼に迫っただけでなく、あろうことかそこで発情期《ヒート》を起こしてしまった。

(わ、私、この人と、シちゃったんだ……!)

発情期《ヒート》中に、アルファとセックスをした。

その事実を前に、脳裏に閃《ひらめ》いたのは『番契約《つがい》』だ。

咄嗟《とっさ》に自分の項《うなじ》に手をやった六花は、そこにジクリとした痛みを感じ、ザッと血の気が引いた。

（か、噛《か》み跡……？　わ、私、この人と『番契約《つがいけいやく》』をしちゃったってこと……？）

自分がしでかしたことの大きさに目の前が真っ暗になる心地がした。

なんてことをしてしまったのだろう。

小清水の娘として——何より『女神胎』として生まれた以上、果たさなくてはいけない義務が、政略結婚だ。

当主が選んだアルファと番《つが》い、優秀なアルファを産むことが、『女神胎』の役目だからだ。

時代錯誤と思われるかもしれないが、特別なオメガの家系である小清水家にとって、それは絶対なのだ。

（に、逃げなくちゃ……！）

この男性は、アルファだ。彼の素性は全く知らないが、小清水の『女神胎』を狙った者かもしれない。

数多くのアルファの名家と婚姻を結んできた結果、小清水家を取り巻く家系図は複雑に絡み合っている。

それは権力と金と策略が交錯する蜘蛛《くも》の巣の上で、綱渡りをしているようなものだ。

一歩間違えて踏み込めば、あっという間に蜘蛛の糸に絡め取られ、腹を空かせた凶悪な蟲《むし》に食い殺されてしまうだろう。

六花がこのアルファと『番契約《つがい》』をしてしまったことが、小清水家に不利益を被《こうむ》ることに繫《つな》がる可能性は高い。

（う、うちに迷惑だけはかけられない……っ！）

このアルファに捕まる前に、姿を消してしまわなくては——！

六花は震える四肢に鞭打《むちう》つと、眠っている男性を起こさないようにそっとベッドを抜け出し、散らばった衣服をかき集めた。

そうして急いでそれを着込むと、抜き足差し足でその部屋を後にした。

ありがたいことに、男性はよほど疲れていたのか、深く眠ったまま起きる気配はなかった。

そのままホテルをチェックアウトすると、六花は脱兎《だっと》の如《ごと》く新幹線に飛び乗り金沢を離れた。


——それ以来、彼には会っていない。

心の底では、彼と話し合うべきだったのでは？　と思う自分もいた。

彼を特別な存在だと思った自分を、信じるべきだったのでは……と。

酔っていた時のぼんやりとした曖昧《あいまい》な記憶ではあるけれど、あの時彼に対して絆《きずな》のようなものを感じたのは確かだ。

だがそう思うたびに、毎回自分を叱咤《しった》した。

彼が自分を利用して小清水家に害をなすような人間である可能性がある以上、彼と連絡を取るなんてとんでもない愚行だ。

それに、彼のことは名前すら知らないのだ。探しようなどない。

(忘れなさい。忘れるのよ、六花。彼とのことは、夢のようなものだったと……)

だが罪を犯した事実が、夢のようになくなるわけもない。

実家に戻った後も、六花は自分のしでかした罪の大きさに苦しむことになった。

番契約《つがいけいやく》が成っている以上、六花は他のアルファに嫁ぐことができない。

それを母に告げなくてはならないのに、できないでいた。

懺悔《ざんげ》には勇気が要《い》るものだ。だが六花は罰が怖くて、罪を告白できなかったのではない。

発情期《ヒート》を起こした状態でアルファとセックスすれば、オメガは九割の確率で妊娠する。

分かってはいたが、六花はやはり妊娠していた。

母に告げれば、子どもは諦めろと言われることが分かっていた。

子どもが生まれれば、父親であるアルファが小清水家に接触する機会を与えるようなものだからだ。

もちろんこれも、もしあの男性が小清水家を陥れようと企むアルファだった場合、という可能性の話でしかない。

それでも、小清水家を守るためならどんな些細《ささい》な綻《ほころ》びであっても見逃さない母ならば、得体《えたい》の知れないアルファとの子どもは堕《お》ろせと言うだろう。

それが小清水の家――ひいては、六花をはじめとする子どもたちを守ることになるのだから。

（でも……私は、堕ろしたくない……！）

六花は唇を噛みながら思った。

どう考えても、全て自分が悪い。

酔っ払って後先を考えずに行動した、惨憺《さんたん》たる結末だ。

自分のせいで、愛する家族が危機に晒《さら》されるなんて考えたくもない。

けれどそれと同じくらい、お腹の子どものことも愛しいと思った。

六花の腹はまだ平らで、悪阻《つわり》もなく、知らなければ実感もないような存在だ。

それなのに、お腹の命は、六花の中でもうすでに愛しい我が子だった。

何度考えても、危険の可能性がどれほどあっても、お腹の子どもを堕ろそうとは微塵《みじん》も思えなかった。

（……この子を守らなくては）

たとえ、それで自分が実家を去ることになったとしても。

そう決心したのは、妊娠が確定した時だ。

検査薬で陽性反応は出ていたものの、調べるのが早すぎて、医師から「一週間後にまた来てください」と言われてしまったため少々時間がかかってしまったが、先日ようやく確定診断が出た。

自分のお腹には、確かに我が子が宿っている。

（ならば私は、母親として、この子を守り抜いてみせる……！）

そうして家族に事実を告げた結果、予想どおり六花は小清水家を勘当された。

ここまでは想定内だった。

想定外だったのは、姉である羽衣が助け舟を出してくれたことだった。

『とりあえず、落ち着くまで私の所においで。他のきょうだいたちはまだ小清水の子だけど、私はもう結婚して王寺籍にいるから、ママは何も言わないわ。……それに、きっとママも本心ではあなたを心配しているはずだもの』

『羽衣ちゃん……、でも……』

『私もこれからマタニティライフを送ることになるから、新米ママ仲間が傍にいてくれたら頼もしいの。ね、そうしよう？』

羽衣は藤生との婚約破棄の後、彼の弟である桐哉《きりや》と結婚した。

新婚二ヶ月ほどの彼女のお腹にはすでに赤ちゃんが宿っていて、奇《く》しくも妊娠周期は六花とほぼ同じだ。

六花としても、実家を出る決意はしたものの、身重の身体で衣食住が定まらない状況になることへの不安があったため、羽衣の申し出は心からありがたかった。

『ありがとう、羽衣ちゃん』

泣きながら礼を言うと、羽衣は微笑んで抱き締めてくれた。

こうして、六花の第二の人生は幕を開けたのだった。

第三章　再会

ふわふわとした柔らかな猫っ毛を撫《な》でながら六花《りっか》は鼻歌を歌っていた。

するとと六花の膝の上に座っていた幼子《おさなご》が、くるりとこちらを振り返る。

「まぁま～」

小さな紅葉のような手をこちらに向けて、何かを要求している。

チョコレートブラウンの大きな瞳がキラキラと光っていて、見ているだけで胸がきゅうっとなるほど可愛《かわい》らしい。

六花は我が子の愛らしさに内心身悶《みもだ》えしながら、彼女と目を合わせて言った。

「なぁに、さぁちゃん」

「あ～、ぁ、まぁま、ね～」

可愛い声で一生懸命話しかける様子に、六花の目がますます細くなる。

今年の夏に一歳になる我が子は、あーあーという喃語《なんご》の中に、「まま」や「マンマ」といった語彙《ごい》らしきものが入るようになってきた。

たったそれだけなのに「うちの子天才！」と思ってしまうから、自分ながらなかなかに親バカだなと呆《あき》れてしまう。

我が子がこれほど可愛いものとは、母になるまで知らなかった。

（あの時、生む決意をして本当に良かった……）

二年前、この子を産むために実家を勘当されたけれど、それを後悔したことは一度もない。

この子に会うためなら、どんな犠牲を払っても良かったと思う。

実家を勘当されてから約八ヶ月後、六花は女の子を出産した。

お世話になっている姉、羽衣《うい》もまた同時期に男の子を出産していて、「まるで男女の双子みたいだね」と笑い合った。

子どもの名前は、早織《さおり》にした。

七月七日に生まれたからだ。

「さぁちゃん、ちょっとお散歩行ってこようか。今日はいいお天気だよ」

「きゃあっ！」

お散歩、の言葉に、早織は可愛い歓声をあげ、弾《はじ》けるような笑顔を見せる。

この頃は、ヨチヨチではあるが歩けるようになってきて、靴を履いて外を歩くのが大好きなのだ。

「嬉《うれ》しいねぇ、さぁちゃん。お帽子被《かぶ》っていこうねぇ」

キャッキャッと全身で喜びを表現する我が子に、ますます目尻を下げながら、六花は出かける準備をする。

着替えとタオル、オムツにお尻拭《ふ》き、子ども用の麦茶にお菓子——子育てをして分かったのだが、子どもがいるとちょっとした外出でも荷物が大量になる。

「まんまぁ」

「ああ、ダメよ、さぁちゃん、これは持っていくお菓子。お外で食べようね」

大きめのママバッグの中に入れようとしたお菓子の袋を目ざとく見つけ、早織が指さしして「ちょうだい」とジェスチャーしてくる。

「まんま、まんまぁ！」

「あー、もう。一つだけよ」

最近歯が生えてきたため、断乳に向けて授乳の回数を減らしているせいか、やたらと間食を欲しがるのだ。

「ご飯の量が足りてないのかなぁ。今日の晩御飯、ちょっと増やしてみようか」

「アイ！」

独り言に応えるように声をあげられ、思わずまじまじと娘を見てしまった。

早織はニコニコしながらこちらを見て、卵ボーロを待っている。

「さぁちゃん、今、お返事したの？」

「アイ！」

こちらをまっすぐに見て声をあげる様子に、六花は「むむ」と唸《うな》ってしまう。

「まんまぁ、らい！」

卵ボーロを指さした早織から、何か二語文のようなものまで飛び出した。

（えっ、二語文って、確か二歳くらいからって書いてあったよね……？）

母親教室で学んだ内容を反芻《はんすう》しながら、慌てて卵ボーロを一粒差し出すと、早織は可愛い口をパカッと開けた。

完全にこちらの言うことを理解して返事をしているし、ジェスチャー込みで意思の疎通を図っている。一歳にもなっていないのに、ここまで言語能力が高いものだろうか。

「さぁちゃんは、きっとアルファだろうなぁ……」

まだ第二の性が判明する年齢ではないが、アルファの子どもは、ベータやオメガに比べて成長が早く、大変賢いという。

つい数日前まで「あーあ」とか「うー」とかいう喃語しか喋《しゃべ》らなかったのに、あっという間に二語文を喋り、意思疎通ができるようになっている早織は、おそらくアルファであるのだろう。賢いだけでなく、身体能力も高く、八ヶ月で歩き出したのがその証拠だ。

（アルファが生まれる可能性なんて低いのに……まあ、私も『女神胎《めがみばら》』だってことだよねぇ）

小清水《こしみず》家の落ちこぼれだと自分では思っていたが、ちゃんとあの女神のような母の血を引いていたらしく、非常に優秀なアルファを生む『女神胎』の能力を備えていたようだ。

だから早織がアルファであってもなんら不思議はない。

だがアルファとなれば、相応の教育を受けさせてあげた方が良いのかもしれない。

アルファの子どもは他と比べて知能指数が高いため、普通の学校では浮いてしまうこともままあるのだ。

（八雲《やくも》と東雲《しののめ》も、苦労していたみたいだったしね……）

末の双子の弟たちも優秀なアルファだったため、小学校ではなかなか友達ができず、周囲から遠巻きにされ孤立していたと言っていた。

（あの子たちは双子だったから、孤立したといってもお互いが傍《そば》にいたから、それほど孤独は感じなかっただろうけど、早織は一人だしね……）

同じくらいの能力者同士であれば、友達になる際に問題はないだろうから、高い偏差値の学校に通わせた方がいいのかもしれない。

だがそういう学校は私立になるから学費が高い。

（ん～、やっぱりこれからどんどんお金がかかるよね……）

六花は今、都内のマンションの一部屋に住んでいる。

このマンションは、姉の羽衣が所有する不動産の一つで、六花はマンションの管理人という名目で、共用部の掃除やゴミ置き場の管理・整頓、設備のメンテナンスの確認や、定期点検の立ち会いなどをする代わりに、無料で住まわせてもらっているのだ。

マンション管理は、忙しくはあっても特別な資格や能力が必要とされるわけではないため、六花にもできる仕事だったので大変助かった。

姉はマンションに住まわせてくれただけでなく、給金として毎月十分過ぎるほどの金額を六花の口座に振り込んでくれている。

おそらく、六花以外の人を雇った方が安く済むはずの額である。

実家という後ろ盾を失った妹とその赤子《あかご》が、生活に困ることのないように配慮してくれているのだろう。

姉のおかげで、六花は最愛の娘と共に、何不自由なく生活できている。

とてもありがたいし、正直に言えば、姉がいなければ自分は身重の身体で路頭に迷っていたに違いないと思う。

子どもを守ると偉そうに言っていたくせに、我ながら情けない話だ。

とはいえ、このまま姉におんぶに抱っこの生活を続けていいわけがない。

早織が一歳になるのを目処《めど》に、六花はマンション管理以外にも、仕事をすることに決めた。

一応大学は出たものの誇《ほこ》れるようなものでもなく、仕事に繋《つな》がるような資格も持たない六花だが、唯一続けていた茶道だけは、茶名をいただき人に教えることができる。

これでなんとか職を得られないかと思ったものの、茶道の世界は人脈がものを言う場所である。

六花が師事していた師匠は小清水家と縁《ゆかり》の深い人だった。

実家を勘当された六花に便宜を図れば、小清水家から叱責《しっせき》を受けかねないことから、師匠を頼るわけにはいかなかった。

困った六花に助け舟を出してくれたのは、羽衣の夫の桐哉《きりや》だ。

元財閥でこの国屈指の資産家、王寺《おうじ》一族の次期当主である桐哉は、当然だがあらゆる分野に人脈がある。

その義兄が「この国の連中がダメなら、外国人相手に茶道を教えてはどうか」と提案してくれたのだ。

桐哉の知り合いに、日本の茶道を習ってみたいが、躊躇《ちゅうちょ》しているという外国人がたくさんいるらしい。

『仕事で東京赴任になったものの、日本語は喋れないという外国人はわりと多い。和の文化には興味があっても、言葉の壁のせいでフットワークが重くなるらしい』

ああ、なるほどな、と六花は思った。

確かに茶道の世界はほぼ日本語のみで構成されていて、まだ異国の人々に対して拓《ひら》けた場所とは言い難《がた》い。

一日だけ体験するくらいはできても、本格的に習うとなれば日本語が喋れなければ難しいかもしれない。

英語くらいは習得するべきだとする母の教育方針から、小清水家の子どもたちは幼い頃から専任家庭教師をつけられ、みっちりと仕込まれた。

おかげで六花も英語だけは、ネイティヴスピーカーと問題なく会話できるのだ。

『それなら、私にもできそうです。ありがとう、桐哉くん』

礼を言うと、桐哉は軽く肩を竦《すく》めた。

『君は俺の妻の妹だ。ならば俺にとっても妹だろう。家族が家族を助けるのは当たり前だ』

その言葉どおり、桐哉が見ているのは自分の隣に立つ愛妻だけである。

彼は羽衣が喜ぶから六花を助けてくれているだけだ。六花を可愛い義妹だと思っているわけではないことは、誰の目からも明らかである。

（本当に分かりやすいなぁ、桐哉くん……）

六花は苦笑しながらも、姉夫婦の仲睦《なかむつ》まじい様子を羨《うらや》ましく見つめた。

桐哉と羽衣は、なんと両親と同じく『運命の番《つがい》』だったのだと言う。

お互いの存在が不可欠で、引き離されればアルファは狂い、オメガは衰弱死してしまう——

そんな強い執愛で結ばれたもの同士が幸福そうに寄り添う姿は、やはり羨ましい。

脳裏に浮かぶのは、あの夜の彼の顔だ。

二年前の過《あやま》ちの相手——早織の父親であるアルファのことだ。

（もしあの人と結婚していたら、私たちも、羽衣ちゃんたちみたいな夫婦になれたかな……）

愚かな妄想だ。

過去に自分が切り捨てた相手のことを、未練がましく恋しいと思うなんて、傲慢《ごうまん》だし、自分勝手にもほどがある。

（……きっと、彼が聞けば腹を立てるわ）

六花は彼に何も残さなかったし、何も許さなかった。

共有したあの情熱も、狂おしいまでの欲望も、全てなかったことのようにして消えたのだ。

彼は自分の子どもが生まれたことも知らない。

それを申し訳なく思うのは、この二年の間、何もなかったからだ。

何もない――というのは、小清水家に他家からの攻撃的な接触がなかったという意味だ。

もし六花たちが抱いた疑念のとおり、彼が小清水家に害をなそうとする者であったなら、なんらかのアプローチがあったはずだ。

『小清水のオメガと番契約《つがい》をしたので、婚姻関係を結びたい』と申し出られれば、小清水としては、それが事実である以上、縁続きになるべきではない相手であっても動かざるを得ない。

母はそれを防ぐために、六花を勘当したのだ。

それなのにこの二年、小清水にそういった申し出がされたことは一度もない。

ということは、あの時の男性はなんの目論見《もくろみ》もなく、ただ六花と出会ってしまっただけのアルファだった可能性が高いということだろう。

だとすれば、六花の取った行動はかなりひどいものだ。

発情期《ヒート》テロ紛いのことに巻き込んだうえ、情熱を分かち合い、番契約《つがい》までした相手に、名前も教えずに消えたのだから。

おまけに、生まれた子どものことも告げていない。

最悪も最悪だ。

(腹を立てるどころじゃないわね、きっと……。下手をすれば裁判になって、早織を奪われるかもしれない……）

アルファはオメガ以外とでは子どもができにくい。

だから多くのアルファにとって、自分の血を引いた子どもは、貴重で大切な存在なのである。

彼を探して、二年前のことを謝りたいと思ったことがないわけではない。

だが愛娘《まなむすめ》を奪われるかもしれないと思うと、怖くてできなかった。

（……嘘《うそ》だわ。本当は、彼に会うのが怖いのよ……）

あれはもう二年も前の出来事で、彼にしてみれば発情期《ヒート》テロに巻き込まれただけの一夜の過ちで、六花のことなどなんとも思っていないかもしれない。

腹を立てているどころか、もう六花のことなど覚えていないかもしれない。

そう思うと、彼に会う勇気が湧かなかった。

「あ～、まっま！　おんも～」

物思いに耽《ふけ》っていた六花は、早織の可愛い声でハッと我に返る。

卵ボーロを食べ切った早織が、玄関を指して外へ行こうと強請《ねだ》っていた。

「あ、ごめんごめん。お散歩だよね。行こう、さぁちゃん！」

六花は慌てて笑いながら、早織の小さな頭にコットンの白い帽子を被せる。クマの耳がちょこんとついた可愛らしい帽子だ。

クマの帽子を被る我が子の姿は、その場にくずおれてしまうほど可愛い。

(天使！！！)

帽子が苦手な子もいるが、早織は嫌がらずに被ってくれるので嬉しい。

「キャア！　ま！　ま！」

「クマさんだよ。クーマーさん！」

「ま！　ぅま！」

「すごい！　言えた！　なんてお喋り上手なの！　さぁちゃんは天才ね！」

「ンァま、まっま！」

六花が大袈裟《おおげさ》に褒《ほ》めると、早織は得意げに声を出している。

小さな唇を突き出す仕草《しぐさ》に、またもや胸がキュンとなってしまう。

(なんて可愛い生き物なんだろう。私の娘、天使……！)

六花は我が子を抱き締めながら、その柔らかなほっぺたにたくさんのキスをした。

「きゃ～ぁ！」

「さぁちゃん、ママ、頑張るからね！　さぁちゃんの学費を稼ぐために、お仕事頑張るから！」

この笑顔を守るためならなんだってやってやる！

そう決意を新たにする母を、早織が不思議そうに見つめていたのだった。

＊＊＊

桐哉に紹介された人に会うことになったのは、それから一週間後のことだった。

なんでもその人は、桐哉が個人的に気に入って使っているフレグランスのブランドの創設者らしい。

『その友人は日本人なんだが、その妻がフランス人だそうだ。調香師だと言っていたか……。日本の文化が大好きで、茶道や華道にも興味があるんだが、日本語が全く話せないので習えないのだと言っていた』

『えっ、じゃあフランス語じゃないと分からないのでは？』

自分が話せるのは英語と日本語だけで、フランス語はさっぱり分からない。

焦《あせ》る六花に、桐哉は首を横に振った。

『大丈夫だ。彼女は英語も話せるらしい』

『ああ、それなら良かったです……』

確かに、ヨーロッパの人たちは母国語以外にも数か国語話せる人は多いと聞く。

多分その人もそうなのだろう。

ホッとしていると、桐哉は一枚の名刺を手渡してきた。

『これが彼の名刺だ。まず本人が君に会いたいと言っていた』

『え？　茶道を習いたい方ではなく、ご主人の方ということですか？』

『……多分、そうだ』

多分とはどういうことなのか。

心許《こころもと》ない話に不安になってきたが、義兄の隣にいた姉が慌ててフォローを入れた。

『ごめんね、桐哉くん、興味のない話を聞き流す癖があって……』

『ああ……』

なるほど、と思わず生ぬるい目をして納得してしまったのは仕方ない。

義兄の興味の対象は、妻である羽衣ただ一人だけだということは、近くで過ごしたこの二年でよく分かっていたからだ。

『でも、心配しなくて大丈夫。私も一度会ったことがあるけど、一ノ瀬《いちのせ》さん、ちゃんとした人だったから！』

『羽衣ちゃんも会ったことがあるの？』

『うん。一ノ瀬さん、銀座《ぎんざ》にお店をオープンされたんだけど、そのレセプションパーティに夫婦で招待されてね。その時にお会いしてるよ』

『へえ……お店って、フレグランスの？』

六花は渡された名刺を見ながら訊《たず》ねた。

そこには『一ノ瀬　柊《しゅう》　ICHINOSE SHU　Lyra クリエイティブ・ディレクター』と書かれてある。

（Ｌｙｒａ……リュラって、竪琴《たてごと》のことかな？）

なんとなく吟遊詩人が掻《か》き鳴らしている楽器が浮かんだが、うろ覚えなために脳内のその映像は曖昧《あいまい》である。

『そうそう。リュラっていうブランドなんだけど、ここのフレグランスは全部お酒の香りが混じってて、面白いの！』

『お酒の香り？　すごいね、珍しい！』

六花は香水に詳しくないが、お酒の香りがする香水はあまり聞いたことがない。

すると桐哉が「いや」と首を横に振った。

『香水に酒の香りが使われるのはさほど珍しくはない。コニャックやラム酒をテーマにした香りは、いろんなメゾンでいくつも作られている。ただ、一ノ瀬の実家は、金沢《かなざわ》にある壱成《いっせい》酒造という明治時代から続く蔵元《くらもと》なんだ』

「金沢」の地名に、六花の心臓が一瞬ドキッと音を立てた。

彼――早織の父親と出会った場所だったからだ。

『一ノ瀬柊はその蔵元の嫡男だが、若い頃はアメリカで大手レコード会社に就職し、プロモーターやディレクターとして音楽に携わっていたらしい。それが数年前に帰国して蔵元の七代目に就任したんだが、酒造りだけじゃなく新しいこともやりたかったとかで、フレグランスブランドを立ち上げたんだそうだ』

スラスラと述べる桐哉は、その一ノ瀬という人の為人《ひととなり》というより、その人の事業に興味があるのだろう。表情も先ほどよりも楽しそうだ。

『そうそう、お酒の蔵元さんならではの技術と伝統を融合して、フレグランスを開発しているらしくて、ちゃんと日本酒の匂いがするんだよ。それに花とか柑橘《かんきつ》とか、木の香りとかも混じって、どれもすごく素敵《すてき》な香りになってるの。六花ちゃんも一回お店に行って試してみたらいいよ！』

羽衣の方は、単純にそのブランドのフレグランスが気に入っているようだ。

（……ともあれ、この夫婦が勧める人だから、きっと大丈夫よね）

なにしろ、王寺家次期当主夫妻である。

隙あらば陥《おとしい》れようと手薬煉《てぐすね》引く連中が、魑魅魍魎《ちみもうりょう》の如《ごと》く湧いてくる、過酷な環境に身を置く人たちなのだ。

人を見る目は否応《いやおう》なしに研磨され、錬成されているだろう。

彼らが少しでもおかしい人間だと感じたなら、六花に紹介しようとするわけがない。

だから六花は安心して『一ノ瀬柊』なる人に会いにきたのだ。

「えっと、ここかぁ……」

六花はその店を前にして、わぁ、と小さく歓声をあげた。

銀座の路面店が並ぶ一角に、『Ｌｙｒａ』と美しいロゴが書かれた黒い看板がかけられた店があった。

シンプルな外装は引き算されたオシャレ感があり、六花はドアの前で少し躊躇《ちゅうちょ》してしまう。

（……私、浮いてないかな？）

実家にいた頃と違い、子どもを育てるシングルマザーとなった今、流行やオシャレは縁遠いものとなってしまった。

今日は一応仕事の面談なのだから、とかっちりめのジャケットとパンツを着てきたが、それも数年前に買った衣装だ。

メイクも一応はしてきたし、髪型も清潔感があるように整えたつもりだが、最先端のオシャレをしているとは言い難い身なりだ。

（こんな格好でこんなオシャレそうなお店に来ちゃって、大丈夫だったかな……）

急に不安が込み上げてきたが、今は見栄を張っている場合じゃない。

（そうよ。私は仕事をしなくちゃいけないの！）

全ては愛しい我が子のために！　と意を決して店内に入ると、そこはまるでプラネタリウムのようだった。

夜空のようなブルーの天井に、星のような照明がキラキラと煌《きら》めき、同系色の淡いブルーで整えられた什器《じゅうき》の上に、宝石のようなボトルの香水が並んでいる。

フレグランスショップなので当然だが、店内に足を踏み入れた瞬間からいい香りが漂っていて、視覚だけでなく、嗅覚からもここが「特別な空間」なのだと感じられた。

（……すごい……）

まるでテーマパークのアトラクションのようだと感動していると、店員らしき女性に声をかけられた。

「いらっしゃいませ。どうぞご自由にご覧になってくださいね」

「あっ、ありがとうございます……！」

にこやかに話しかけられ、六花は慌ててメガネを押し上げながら礼を言う。

子どもを産んでからというもの、ずっと早織と二人きりの生活をしているため、大人と喋る機会がぐんと減ってしまった。

もちろんマンション管理の仕事があるから全くないわけではないが、管理人の仕事は一人でする作業が多いのだ。

だからこんなふうに知らない人と喋るのは本当に久しぶりで、なんだか妙に緊張してしまう。

「気になる香りがありましたら、ムエットをお出ししますのでおっしゃってくださいね。こちら、新作の夏のコレクションになっておりまして……」

店員さんが流れるようにセールストークに入ったので、六花は慌ててバッグから名刺入れを取り出した。

「すみません、実は私、お買い物に来たのではなく、お約束があって来たんです……」

言いながら、桐哉にもらった名刺を店員の女性に見せると、彼女は目を丸くした。

「えっ、社長のお知り合いでいらっしゃったんですね！」

「あ、いえ、今日初めてお会いするんです。私、茶道の講師をしている小清水《こしみず》六花と申します。王寺桐哉さんにご紹介いただいて、一ノ瀬さんとお会いすることになっているのですが……」

茶道の、という言葉でピンと来たのか、女性がパッと顔を明るくする。

「ああ、オレリーのお茶の先生！」

「オレリー？」

「このメゾンの調香師の一人なんです。フランス人なんですが、今は結婚して日本に住んでいて、たまにですが、このショップに顔を出してくれることもあるんですよ。日本が大好きで、茶道とか華道とか、日本を感じる文化をもっと学びたいって言っていて……」

（その人が私の生徒さんになる予定の人ね……）

六花は心の中で想定しながら、女性の話に相槌《あいづち》を打つ。調香師と言っていたから、ここの香水を作っている人なのだろう。この販売員さんも親しそうなところを見ると、ずいぶんとアットホームな会社のようだ。

（ああ、でも、社長の奥様なんだっけ。だったらアットホームな感じも納得ね）

桐哉のところのような巨大グループになるとまた話が違うが、中小企業であれば経営者サイドと雇用者との距離が近いこともあるだろう。

「あっ、すみません、お喋りしちゃって！　社長を呼んでまいりますね」

女性はそう言い置くと、店内にある螺旋《らせん》階段を上がっていった。

どうやら二階に職員専用のスペースがあるらしい。

六花はホッと息をつくと、手持ち無沙汰に展示されているフレグランスのボトルを手に取った。コバルトブルーのガラスに、金のキャップのついた美しいボトルだった。

「……きれい」

思ったよりもずっしりとした質感で、高級感がある。傾《かたむ》けると、中の液体が揺れ、虹色《にじいろ》の光が煌めいて見えた。

「わぁ、すごい……」

ガラスに何か細工がしてあるのだろう。

詳しいことは分からないが、香りを楽しむだけでなく、その見た目でも十分オブジェとしての価値がありそうだ。

(これが家にあるだけで、少しテンションが上がるかも……)

美しいもの、きれいなものが傍にあると、気分が上がるものだ。

うっとりとボトルを眺《なが》めていると、不意に背後から声をかけられた。

「お気に召しましたか？」

その低い声に、六花の全身が総毛立つ。

聞き覚えのある声だった。

忘れもしない。忘れられるわけがない。

低いけれど尖《とが》ったところのない、柔《やわ》らかい声——あの過ちの夜に聞いた声と同じだ。

ドッと冷や汗が噴《ふ》き出し、心臓がドクドクと音を立てる。

(嘘……うそうそ、どうして……、なんで……！)

頭の中にはなんの役にも立たない疑問詞ばかりがぐるぐると巡り、どうすればいいかという危機回避のための道は一向に浮かんでこない。

固まったまま、一向に振り返ろうとしない六花に焦《じ》れたのか、背後に立つ人が困ったように笑った。

「……困ったな。そんなに緊張されると、こっちまでなんだかドキドキしてしまう」

穏やかな物言いが、あの夜の記憶を彷彿《ほうふつ》とさせる。

あの時も、彼はずっとこんなふうに落ち着いたトーンで話していた。

だが触れ合った時は、この声はもっと意地悪な感じになっていて、それが自分をひどく昂《たか》ぶらせたことまで思い出して、六花はぎゅっと奥歯を噛《か》んだ。

(ばか！　何を思い出してるの！　そんなことを考えてる場合じゃないでしょう！)

こうなった以上、今はとにかく彼と向き合わなければいけない。

すぐにでも逃げ出したい気持ちに駆られたが、桐哉の紹介で来ている以上、そんな失礼な真《ま》似《ね》ができるわけがない。

(……それに、私はもう子どもじゃない。母親になったのよ)

逃げるだけしかできなかった、二年前の子どものような小娘とは違う。

過去の罪はいずれ清算しなくてはならないものだった。

それが今だっただけだ。

六花は覚悟を決めると、震えそうになる四肢に鞭《むち》を打つようにして、背後を振り返る。

(――ああ、この人だ……)

目の前にいたのは、確かに二年前のあの時の男性だった。

男性的な輪郭に、柔和な美貌。切長なのに優しそうな雰囲気《ふんいき》の不思議な目の中には、蕩《とろ》けそうなチョコレートブラウンの瞳が煌めいている。

「――久しぶり、と言えばいいかな?」

ニコリ、と微笑《ほほえ》んだ彼に言われ、六花はグッと唾を呑《の》んだ。

彼は二年前のことを忘れていないことが分かり、緊張がさらに高まる。

彼は早織のことを知っているのだろうか。

もし知っているのだとしたら、早織を奪おうとしているのかもしれない。

不安と恐怖に叫《さけ》び出したい気持ちになりながらも、六花は必死に平静を装おうとした。

「……お、久しぶり、です……」

なんとか返事をしたが、出てきた声は微《かす》かに震えている。

六花の青ざめた表情に何かを感じたのか、彼はスッと目を細めた。

そしてそのきれいな顔を近づけて、六花の耳元に小さな声で囁《ささや》いた。

「これ以上逃げない方がいいよ。――監禁、されたくはないでしょう?」

監禁、の言葉に、六花はギョッとなって思わず身を引く。

その拍子に背中を店の什器にぶつけてしまい、棚の上に置かれていたボトルが音を立てた。

「おっと。大丈夫？　気をつけて」

彼――一ノ瀬柊は、先ほどの不穏な発言などなかったかのように、おっとりと優しげな声で言って、六花の肩をそっと掴《つか》んだ。

六花はビクビクしながら彼の顔を窺《うかが》ったが、そこには優しげな微笑みがあるばかりだ。

（い、今の、私の空耳だった……!?）

こんな優しそうな人が、『監禁』なんて犯罪めいたことを言うだろうか。

自分の耳の方を疑ってしまった六花だったが、とはいえ全面的に信頼できるわけもなく、ひたすらオロオロと周囲を見回した。

だが助けてくれる誰かがいるわけもない。

「さあ、では場所を変えましょう。……積もる話もあることですし、ね？」

にっこりと、けれど有無を言わせぬ笑顔で宣言され、六花は胃が締め付けられる思いをしながら、言葉もなく頷《うなず》いたのだった。

＊＊＊

柊はこの世の終わりのような表情で、ソファにちょこんと座っている女性を見て、満足の吐《と》息《いき》をついた。

(――ようやく、取り戻した)

感慨深いとはこのことだろう。

この二年、死に物狂いで彼女を探していた。

生涯の伴侶に奇跡のように巡り会えて喜んだのも束《つか》の間《ま》、激しく愛を交わし合った翌朝、彼女は姿を消した。

最初、柊は状況が飲み込めなかった。

まさか、そんなわけがない。

あれほど情熱的に求め合い、お互いに番《つがい》だと認め合ったというのに、片割れである自分を捨てるわけがない。

彼女はきっと気が動転しただけだ。

なにしろ、前日の夜は発情期《ヒート》を起こしてしまった上に、獣《けもの》のように交じり合ってしまったのだから。

しかも、彼女は処女だった。初めての性交に狼狽《うろた》えてしまうのも無理はない。

だが落ち着けば、きっと番《つがい》である自分のもとへ戻ってくるだろう。

なにしろ、自分と彼女はもう『番契約《つがい》』が成った。

となれば、オメガである彼女の発情期《ヒート》は、番《つがい》となった自分とのセックスでなければ治《おさ》まらない。

彼女はもう、自分なしではいられない身体になっているはずなのだから。

我ながら腹黒いとは思うが、柊は絶対に彼女を自分のものにするつもりだったから、『番契《つがい》約』もそれを考慮した上で行った。

本当ならば、『番契約《つがい》』は、アルファとオメガが同意の上で行うのが礼儀だが、あの時は礼儀よりも彼女を逃したくないという気持ちの方が強かったのだ。

(だが、それでも間に合わなかったというわけか……)

彼女を捕まえるためには、『番契約《つがい》』などでは足りなかった。

待てど暮らせど、彼女が戻ってくることはなかったのだ。

それから柊はあらゆる方法を使って彼女を探した。

しかし彼女は何をどうしたのか、全くその痕跡を残さなかった。

なにしろ、名前も知らなければ年齢すら分からない。

どうして聞いておかなかったのかと泣くほど悔やんだが、後の祭りだ。

共に過ごしたホテルの部屋には彼女の物は何一つ残っておらず、一か八かでホテルに聞いてみたが、「顧客の個人情報は明かせない」の一点張りだ。

——まあ当然だろう。

少々あくどいが、金で口が緩くならないかと賄賂《わいろ》なども仄《ほの》めかしてみたが、ホテル側は顔を青くして「とんでもない」とますます口を固くした。

(あの時は、あのホテルのコンプライアンス教育が徹底されているのだと思っていたが、違っていた。彼女がとんでもない大物の娘だったからだ)

なんと彼女は、この国で最も有名なオメガの名家、小清水家の娘だったのだ。

(そりゃホテル側が必死になって口を閉ざすわけだ……)

小清水家の人間の個人情報を漏洩《ろうえい》したとバレれば、どんな制裁が待っているか分からないのだから。

とはいえ、彼女が小清水家の娘だと柊が突き止めたのは、それからずいぶん後の話だ。

名前や素性といった彼女の情報が一切なかったため、容姿という心許《こころもと》ない情報だけで探偵を使って探すくらいしかできなかったからだ。

実を言えばあの頃、柊はめちゃくちゃ多忙だった。

それまで勤めていたアメリカでの仕事を辞め、実家の酒蔵を継ぐために金沢に戻ったばかりだった。

自分がやるからには、ただ家業を継ぐだけでなく、何か新しいこともやりたいと考えていて、以前から興味を持っていたフレグランスを、実家で造っている酒の香りを使って作ってみようと思い立った。

幸いなことに祖父も父も「面白い、やってみろ」とGOサインを出してくれたので、フレグランスメゾン創設のために奔走している時期だったのだ。

彼女と出会ったのも、あのホテルで仕事相手と会っていたからだ。

あそこは金沢の老舗《しにせ》旅館が作ったラグジュアリーホテルだ。柊はその経営者に、シャンプーなどのアメニティに、自分のところのフレグランスを使ってみてくれないかと打診していた。

地元人なのにホテルの部屋を取っていたのは、実際に自分で泊まってみたかったのと、現在入っているアメニティの使用感などを知りたかったからだ。

ブランドローンチはパリを予定していたため、あの後すぐにパリへ発たねばならなかったし、その上東京《とうきょう》にも出店することになり、金沢、東京、パリを行ったり来たりする日々だった。

さらには世界最大の香料メーカー、フェルメニッヒ社からオレリー・ゴーチェをメイン調香師として迎えたことで、彼女の香料探しの旅にお供をしなくてはならなかった。

生粋《きっすい》のクリエイターであるオレリーは、やることなすことが感覚的で突拍子もないため、ずいぶんと振り回された。

(まあ、オレリーが柾《まさき》を気に入ってくれてからは、そのお役目も柾が代わってくれるようになったんだけどね……)

柾とは、柊の二歳下の弟である。

一ノ瀬の人間らしく、感情の起伏が浅く穏やかな気質の柾と、自分の感じるものが全てのパッショナブルなオレリーとは、正反対ではあるものの、それがちょうど良かったのだろう。

パズルのピースが嵌《は》まった、というやつだ。

オレリーは一目見て柾を気に入り、柾もまたオレリーが「自分の伴侶」だと確信したらしい。

そんな二人は出会いから二月《ふたつき》を待たずして、フランスで入籍した。

家族は寝耳に水だったが、一ノ瀬の人間は伴侶を定めたら引くことはないと分かっているため、誰も反対するものはいなかった。

とまあ、そんな具合で、毎日秒単位のスケジュールで動いていた柊だったが、姿を消した自分の番《つがい》を探すことも諦めてはいなかった。

探偵を数名雇って探し続けていたものの、情報が少なすぎて目ぼしい成果は上げられず、悔しさに歯噛《が》みしていた時、飛行機の中でとあるゴシップ誌の記事を読んだ。

それは日本の大企業である王寺グループの若き御曹司が、美しい花嫁をもらったという内容だった。

王寺グループは、その数ヶ月前に次期当主を長男から次男へと公式に変更しており、記事に載っていたのは王寺家の次男だった。写真を見ればなかなかの男前ではあったが、柊の目を引いたのは男の方ではなかった。

『まさに現代のプリンス！　王寺家の御曹司を射止めたのは、オメガの名家小清水家の長女、羽衣さん！』

男の隣で美しい花嫁姿で立っている女性の名前だ。

(小清水羽衣《うい》——うい、うい？)

わりと珍しい名前だ。だが、聞き覚えがあった。

あの夜、彼女が言った言葉だ。

『可愛いのはぁ、サクラちゃんとか、ウイちゃんとかなの！　私じゃぁ、ない！』

確か、彼女を可愛いと褒めた時に言っていたセリフで、サクラもウイも文脈的に人の名前だろう。

(サクラ……ウイ……)

サクラは桜《さくら》で、ウイは宇井《うい》……苗字だと思っていたが、名前で「羽衣」なのかもしれない。

となれば、彼女はこの小清水羽衣という女性と縁があるのではないか。

そう思って小清水羽衣をウェブ上で調べてみれば、驚くほど多くの記事がヒットした。

小清水家はいわゆるセレブリティだ。

王侯貴族ほどではないが、有名俳優並みにメディアの関心を向けられる対象であり、子どもの頃からのパパラッチ写真があちこちに貼られているのだ。

それらの記事によれば、彼女にはたくさんのきょうだいがいて、その中の一人に「咲良《さくら》」という妹がいたのだ。

(――ビンゴだ！　やっぱり彼女は、小清水羽衣の知人だ！)

柊は密かにガッツポーズをした。

ようやく突破口が見えて、祝杯を挙げたいほどの気持ちだった。

なにしろ、その時すでに、あの夜から一年が経っていた。

自分だけの唯一無二を失って、毎日どうしようもない飢餓感《きがかん》を抱えて生きてきた。

どうして、なぜ、あの時こうしていれば、なぜこうしなかったのか――詮無《せんな》いたらればを脳内で繰り返しては、過去の自分を責める日々だった。

それと同時に、心の中で彼女も責めた。

なぜ逃げたのか。自分たちは番《つがい》だと確かめ合ったあの夜を、どうしてなかったことにできたのか。

自分が想うほどには、彼女は想ってくれていなかったということか。

（……じゃあ、今度こそ逃げられないようにしなくては）

彼女を見つけ出したら、その時は、今度こそ失敗しない。

できうる限りの手を使って特別な檻《おり》を作ろう。

彼女が警戒してはいけないから、檻には見えないように、彼女の好きな物で埋め尽くそう。

喜んで自ら入ってしまうような、心躍る檻にしなくては。

彼女が檻に入ってしまえば、こっちのものだ。

柊の愛情で雁字搦《がんじがら》めにしてやればいい。

もう二度と離れられなくなるように、全身全霊で愛してあげよう。

（俺から逃げようなんてもう考えすら湧かないように──）

昏《くら》い決意を固めた柊だったが、調査を進めていくうちに、六人きょうだいであるはずの小清水家のうち、一人の記事がウェブ上から消されていることに気がついた。

小清水家のきょうだいは六人で、上から羽衣・六花・咲良・麻央《まお》・八雲《やくも》・東雲《しののめ》という名前だ。

それなのに、「六花」について言及している記事が一つもないのである。

小清水ファミリー全員について書かれた記事にはかろうじて名前は載っているが、その姿が写った写真は一枚もない。

（……これは、意図的に消されたのだろう）

小清水家の他のメンバーの記事がこれほどあるのに、最初から六花のものだけなかったというのは無理がある。後から消されたという方が自然だ。

(だが、なぜ『六花』だけが……?)

考えても理由が分からないが、そうするだけの何かが起きたのだろう。

そして柊はこの「六花」があの夜の女性なのではないかと、本能的に感じていた。

写真を見ると、末の男の双子を除けば、小清水家の姉妹は三人ともよく似ている。

射干玉《ぬばたま》の艶《つや》やかな黒髪に、白磁のような肌、透き通った大きな瞳——息を呑むような美貌は、明らかに当主である母親から受け継いだものだ。

普通であれば、ならば「六花」も彼女たちと同じような容姿をしているのだろうと予想するだろうが、柊は違う。

柊には、あの夜の記憶があるからだ。

『可愛いのはぁ、サクラちゃんとか、ウイちゃんとかなの！　私じゃぁ、ない！』

あの時の彼女のセリフが、自分だけ姉妹の中で異なる容姿をしているから出たものだったら?

柊から言わせれば、他の姉妹より彼女の方が断然可愛いし、魅力的だと思う。

だが一般的な見解では、確かにこの姉妹の美しさには敵《かな》わないと言われるかもしれない。それくらい、彼女たちの容貌はある種異質なまでの美貌なのだ。

そんな絶世の美女に囲まれて育てば、自分の姿にコンプレックスを抱えてしまってもおかしくはないのかもしれない。

（──『六花』を探そう）

おそらく……いや、十中八九、『六花』が自分の番《つがい》だ。

彼女がなぜウェブから姿を消されたのかは分からないが、彼女に何かが起きたことは確かだろう。

多分それが、自分の前から姿を消した理由に繋《つな》がるのではないか──。

そう信じて、柊はまず王寺桐哉に接触した。

幸いなことに、昨年パリでローンチしたフレグランスブランドは、国内外で大絶賛され、さらには多くのインフルエンサーがＳＮＳで紹介してくれたことで大ブレイクした。

その結果、東京での出店を、当初想定していたよりも大規模な形で進めることができたのだ。

東京銀座店オープンのレセプションパーティを、金をかけたかなり大々的なものにして、各界の大物を招待した。その中に王寺桐哉夫妻を入れたのだ。

とはいえ、王寺桐哉が多忙な人で、招待状を送ったところで来てくれるかどうかは分からない。どちらかといえば来ない可能性の方が高いと踏んでいたので、柊はもう一手打っておいた。

招待状と一緒に、提供という形で、自社のフレグランスを全種類送っておいたのだ。

香り物が苦手な人間は一定数いるが、羽衣がそうではないことは把握していた。

桐哉と羽衣の結婚式の引き出物の中に、羽衣が選んだルームフレグランスが入っていたと書いた記事があった。それはベルギーのブランドのルームフレグランスで、「贈り物にピッタリ！あのセレブも御用達！」と書かれた文字の下に、桐哉と羽衣の結婚式の写真が載っていた。

桐哉は興味を持たずとも、香り物が好きな羽衣なら持ってくれるだろう。

香り物が好きな人間は、フレグランスを贈られれば、試さないわけがない。

それは香水好きな柊の偏見でしかなかったが、実際に羽衣は送ったフレグランスを試した結果、『Lyra』に興味を持ち、パーティに夫婦で参加してくれたのだ。

目論見《もくろみ》は大成功と言っていいだろう。

どうやら羽衣に勧められて桐哉もフレグランスを試したらしく、パーティで挨拶《あいさつ》した時には「良い品だった」と褒めてくれた。

おかげで好意的な雰囲気で会話が進み、「特別に桐哉専用の香水を作る」という次に繋がる約束も取り付けることができた。

桐哉と親交を深める中で、慎重に『六花』への緒《いとぐち》を探っていった柊は、とうとうそれを掴むに至った。

調香師で義妹となったオレリーが茶道を習いたがっているという世間話から、『妻の親類に茶道を教える人がいる』と桐哉が言い出したのだ。

（――『六花』だ！）

とすぐに柊は勘づいた。

王寺桐哉は傲慢なアルファだ。自分に興味のない事柄を記憶しないことは、それまでの会話で分かっていた。

王寺夫妻が『運命の番《つがい》』同士だということは有名で、彼の関心の九割は妻に向いていることも見て取れた。

その桐哉が『茶道を教える』などという細かい特徴を覚えているということは、その『妻の親類』とは、妻である羽衣にとって近しく大切な人間であるということだ。

妻の大事な人は、自分にとっても大事――というわけだ。

あまりに単純明快な図式ではあるが、一ノ瀬の肉親たちがそうであるため、柊にとっては馴《な》染《じ》みのある感覚でもある。

羽衣が大切に思う親類が、なぜかウェブから存在が消えた妹である可能性は、十分にあるのではないか。

そう思ったから、柊は一も二もなく桐哉の提案に飛びついたのだ。

(大当たりだった、ってわけだ)

柊は目の前に座る『六花』――自分の番《つがい》を見つめながら、満足げに微笑んだ。

予想したとおり、現れたのはあの夜の彼女だった。

何度も何度も、記憶の中の彼女を反芻《はんすう》した。

会いたくて、会えなくて、夢の中でさえ彼女を探した。

その彼女は、記憶のままの愛らしさで、今こうして目の前に座っている。

「小清水六花さん――って言うんだね、君の名前」

柊の言葉に、彼女――六花はビクッと細い肩を震わせた。

怯《おび》えているのだ。

番《つがい》である柊から逃げたことを――その罪深さを、ちゃんと理解しているということだ。

(さて、どうしてあげようかな……)

柊は心の中で舌舐《な》めずりをする。

この二年間の鬱屈《うっくつ》とした想いを、六花には受け止めてもらわなければいけない。

だが柊の恋情は、辛《つら》い別離のせいで、もう愛情を通り越して執着になってしまっている。

この煮詰まり、凝《こご》った濃厚な執着愛をそのまま彼女に提示すれば、きっとまた逃げ出してしまうだろう。

ならばこの濃すぎる愛情を、柔らかく優しいもので包み込んで、見えなくしてやればいい。

ニコリ、と人好きのする笑顔を浮かべると、柊はそっと彼女の手を取って優しく握った。

六花は俯《うつむ》いたまま、柊の顔を見ようとしなかったが、握られた手を振り払うこともしなかった。

(――今はそれでいい)

拒みさえしなければ、及第点だ。

(もし拒まれたら――正直、自分でも何をするか分からないからね)

恐ろしいことを平気で考えながら、柊は穏やかな優しい声で語りかける。

「……ずっと君の名前を知りたかった」

柊の言葉に、六花がおそるおそるといったように顔を上げた。

メガネのレンズの奥の瞳が、窺うようにこちらに向けられる。

怯えたウサギみたいな眼差《まなざ》しに、柊は困ったように微笑んでみせた。

「あの朝、目が覚めて君がいなくて……名前を聞かなかったことを死ぬほど後悔したよ。探そうにも、名前すら分からなかったから、探しようがなくてね」

本当は探しようがなかったどころか、ホテルに賄賂を渡して個人情報を得ようとしていたのだが、それは言わない方がいいだろう。

「……ご、ごめんなさい……」

やはり逃げたことに罪悪感は抱いているようで、六花は小さな声で謝ってきた。

「いいんだ」

優しく首を振ったが、もちろんいいわけがない。

逃げた分の二年間を覆《くつがえ》すほど、濃厚に濃密に愛し返してもらわなくては、割に合わない。

「君が消えて……世界を憎むほど辛かったけど、今こうして会えたから」

「せ、世界を憎む……」

比喩の仕方が少々怖かっただろうか、六花がやや呆然《ぼうぜん》と鸚鵡《おうむ》返しをした。

だがこちらとしては、全く誇張のない表現なのだから仕方ない。

「あ、あの……、一ノ瀬さん……」

「柊と呼んで。君のことは六花と呼んでも？」

「え？　あ、あの……いや、それは……」

名前で呼び合いたいというささやかな希望にも、六花はすぐには頷かない。

そんな頑《かたく》なさに、柊は腹の底で舌打ちをした。

（まだ逃げようとしてるのか？　もう君は捕まったんだから、諦めてもらわないと）

これから先は自分の傍で生きなくてはならない。

（未来永劫、君は俺のものだ）

腹の中の傲慢な独占欲と異常なまでの執着はおくびにも出さず、悲しげな表情を作り、物悲しい声で柊は訴える。

「どうして？　俺たちは番《つがい》だろう？　そんなに他人行儀にされるとすごく悲しい」

顔を近づけると、六花はカァッと赤面してオロオロと視線を泳がせた。

男慣れしていないのが見て取れて、柊はフッと微笑む。

（良かった、殺す相手はいない方がいい）

自分が離れていた二年間の間に、彼女の傍に他の男がいたとすれば、殺すしかないだろう。

無論実際に手をくだせば犯罪だが、社会的、経済的に抹消することくらいは可能だ。

「つ、番《つがい》……」

「番《つがい》契約、しただろう、あの夜」

指摘すれば、六花はパッと自分の項《うなじ》に手をやった。

そこにはもう噛み跡は残っていないが、身の内側にはしっかりと柊の痕が残されているはずだ。彼女はもう、柊以外のアルファを受け付けない身体になっている。

（おそらく定期的にくる発情期《ヒート》は、抑制薬でコントロールしていたのだろうが……）

それでも本来は番《つがい》のアルファに癒《い》やしてもらうはずのオメガの身体は、番《つがい》の不在に相当堪《こた》えたはずだ。

(彼女にとっても、辛い二年間だったはずなんだ)

「……それなのに消えてしまったから、本当に驚いた」

しみじみとした口調に、六花も何か感じるものがあったのか、考えるように瞼《まぶた》を伏せる。

きっとこれまでの辛さや苦悩を振り返っているのだろうと思っていたのに、顔を上げた六花がとんでもないことを言った。

「あの、でも…………やっぱり無理です！」

「え」

「こ、このお話は、なかったことにしてください！」

叫ぶようにそう言うと、六花は勢いよく立ち上がり、脱兎《だっと》の如《ごと》く部屋を飛び出した。

「いやおい、まじか……」

(この状況で、まだ逃げ出すとか……よほど監禁されたいらしい……)

ドアの外へ消えていこうとする華奢《きゃしゃ》な後ろ姿を睨《にら》みながら、柊は低い声で呟《つぶや》くと、やれやれとため息をついたのだった。

＊＊＊

六花は走っていた。

（あああヤバイヤバイヤバイ！　どうしようどうしようどうしよう！）

大変なことになってしまった。

二年前のあのアルファ――早織の父親に見つかってしまった。

（でもまさか、桐哉くんの知り合いだったなんて！）

元から知り合いだったのか、あの後知り合いになったのかは分からないが、信頼している義兄を通して彼と繋がってしまうなんて、予想外すぎた。

だが仕方ない。六花は早織の父親のことを「酔っていて覚えていない」で通し、誰にも話さなかったのだ。母や父が彼に制裁を加えるのを避《さ》けたかったからだ。

（だから桐哉くんや羽衣ちゃんが、あの人――一ノ瀬さんを疑わなかったのも無理はない）

彼らはただ、哀れな妹に職を斡旋してやろうとしてくれただけなのだ。

だがあの桐哉と羽衣が警戒しなかったということは、一ノ瀬柊は実家にとって脅威になる存在ではないということだろう。

（それは安心……、って、だけどそれって結局、彼は何も悪くないのに、私が一方的に疑って逃げたってことだよね……）

その上、彼は六花を探そうとしてくれていたらしい。

名前も知らないから探しようがなかったと言った時の、悲しそうな顔が目に焼き付いている。何かに耐えるような、ひどく苦しそうな表情だった。

(彼に、あんな顔をさせてしまっていたんだ。私は、ずっと……)

そう思ったら、罪悪感で胸がいっぱいになった。

自分が彼の立場だったら――『番契約《つがいけいやく》』までして、情熱を交わし合った相手に、翌朝消えられたら、きっとものすごく悲しかったし、苦しんだだろう。

探そうにも手掛かりはなく、なす術《すべ》がないまま時間が経過していく間、きっと答えの出ない自問を続けたに違いない。

六花は自己肯定感が低い。それはこれまで何度も咲良や羽衣に指摘されている。

だから、「自分の何が悪かったんだろうか」、「どうすれば良かったのだろうか」、などと自分を責めるようなことばかりを考えて、心を病《や》んでいく自分が容易に想像できる。

彼――柊はアルファだから自己肯定感が低いことはないだろうが、番《つがい》になった相手に消えられて苦しまないわけがなかったのだ。

(……なんてひどいことをしてしまったのだろう、私……)

申し訳ない、彼になんとかして償いたいという気持ちが込み上げたが、同時に思い出したのは最愛の娘、早織の笑顔だった。

(――そうだ！　早織……！)

柊の話の中に、子どものことは一切出てきていない。

ならば彼は早織のことまでは知らないのだろう。

(そうだよね。早織のことを知ってたら、あんなふうに穏やかに話しているわけがないもの)

生殖能力の低さゆえに、多くのアルファにとって自分の血を引く子どもは貴重で大切なものだ。もちろんなんらかの理由で、子どもを望まないアルファもいるだろうが、そう多くはないだろう。

柊がその少数派でない限り、自分の子が生まれていたと知って黙っているとは考えづらい。

(……絶対に、隠し通さなくちゃ！)

六花はごくりと唾を呑んだ。

存在を気づかれれば、彼は早織を六花から奪うかもしれない。

裁判になれば六花の不利は明白だ。六花が柊から父親としての権利を二年間も不当に奪ってきたことは違法だからだ。

それに子どもである早織にとっても、オメガであり、シングルマザーで姉の援助で生きているような母親のところではなく、両親の揃《そろ》った環境である、裕福な父親のところの方が相応《ふさわ》しいと判断されるに決まっている。

(――そうよ。彼にはもう妻がいるんだもの)

奇《く》しくも六花が茶道を教えることになったかもしれない女性――それが柊の妻なのだから。

彼の傍に、自分以外のパートナーが寄り添う姿を想像して、六花の胸がズキリと痛む。

六花の中のオメガの本能が、自分の番《つがい》であるアルファに他の者が近づくことを拒絶して、悲鳴をあげているのが分かった。

だが六花は歯を食いしばってその自分勝手な願望に蓋《ふた》をする。

(全部、自分のせいでしょう。受け止めなさい、六花)

心の中で自分を厳しく叱咤《しった》して、深く息を吐《は》いた。

『番契約《つがいけいやく》』をしたからといって、逃げ出してしまった以上、六花にそれを詰《なじ》る権利はない。

婚姻届を出していないから、法的には彼が六花に操《みさお》を立てる義務はないのだ。

(……法律がどうであれ、私のしたことを考えれば、他の人を求めて当然だわ……)

だがだからと言って、早織を手放すわけにはいかない。

今の六花にとって、早織だけが生きる希望なのだ。

(彼に奪われるわけにはいかない……!)

焦《あせ》る気持ちを抱え、六花は急いで娘の所へ向かった。

今日、早織は自宅のマンションでベビーシッターに見てもらっている。

看護師の資格も持つ六十代の女性で、ベテランベビーシッターだ。彼女は王寺家に雇われていて、羽衣の長男、椿吾《しゅんご》の専属なのだが、羽衣の計らいで今回は特別に貸してもらったのだ。

仕事の面接だから数時間はかかると言ってあったのに、こんなに短時間で帰ってきたら、きっと驚かれるだろう。

（でも、早く早織の顔が見たい……！）

あのふくふくなほっぺたにキスをして、柔らかい小さな身体を抱き締めて、あの子が自分の腕の中にいるのだと安心したかった。

電車を乗り換え、駅を出て数分の所にあるマンションにようやく着いたと思った瞬間、背後から声がかかった。

「なるほど、ここが自宅なんだね」

「ヒッ！」

聞き覚えのある艶《あで》やかな低い声に、六花の全身が驚いた猫のように跳ね上がる。

バクバクいう心臓を押さえながら振り返ると、そこにはにこやかにこちらに歩み寄ってくる柊の姿があった。

「いっ、一ノ瀬さん!?　な、な、なんで……!?」

「六花、ダメだろう？　公共交通機関を使うんだったら、ちゃんと周囲を確認しないと。君みたいに可愛い女性、碌《ろく》でもない男に目をつけられて跡をつけられるかもしれないんだからね」

さも心配そうに言いながら、柊は「はい」と何かを手渡した。

目を白黒させていた六花は、手に乗せられたものを見てまた悲鳴をあげる。

「ヒッ！　これ、私の手帳!?　バッグの中に入っていたはずなのに、どうして……!?」

「何かの拍子に飛び出たのかな？　ほら、君、出ていく時、ずいぶんと慌ててたから。落ちていたから、届けようと思って」

しれっと言われたが、そんなわけがない。

彼と話したあの部屋では、バッグから何も取り出さなかったのに、どうして物が飛び出るというのか。

彼がバッグから盗《と》ったとしか思えないが、その証拠もないため糾弾するわけにもいかない。

結局ぐぬぬ、と思いながらも「ありがとうございます……」と言ってそれを受け取ることしかできなかった。

「……あの、これを渡すために、わざわざ跡をつけたんですか？」

六花はメガネを押し上げながら、イヤミのつもりで訊《たず》ねたが、柊はきょとんとした顔で肩を竦《すく》める。

「まさか。君の住んでる場所を特定しようと思ってね」

「ス、ストーカー！」

思わず叫んでしまった。

分かっていたが、口に出して言われると、もうなんだか叫ばずにはいられなかった。

だが柊は意にも介さず、淀んだ昏い目をしてにっこりと微笑んだ。

彼の背後に黒い靄《もや》のような幻覚が見えた気がして、六花はまたヒッと小さく悲鳴をあげる。

怖い。笑っているのに笑っていない。

「君が逃げるからだろう？」

その言葉が、今回のことだけを指しているわけではないのを感じ、六花は口を閉ざした。

すると柊がフッと皮肉っぽく笑った。

「……気まずそうな顔をしてるね。二年前に俺から逃げたことを、少しは申し訳ないと思ってくれているわけだ」

「そ、それは、もちろん……申し訳なかったと、思っていま——」

「でもまた逃げた」

六花の言葉を遮《さえぎ》るように、彼が短く言った。

そこに鋭《するど》い怒りを感じて、六花はハッと顔を上げる。

すると、先ほどまでは表面的とはいえ微笑んでくれていた柊の顔から、笑顔が消えていた。

なんの感情も浮かんでいない真顔で、彼は六花を静かに見つめている。

ぎくりと心臓が竦んだ。

彼の逆鱗《げきりん》に触れてしまったのだと、肌で感じた。

「俺はずっと自分の唯一無二の伴侶を探していた」

「……え？」

「俺の一族は少々特殊でね。伴侶と定めた者を全身全霊で愛し尽くし、伴侶以外には見向きもしない。たった一人を生涯愛し続けるんだ。遠い祖先も、祖父も、父も、弟もそうだった。そして俺もだ」

唐突に家のことを語り出され、六花は少し戸惑った。

だが特殊というなら小清水家もそうだ。

絶滅危惧種のオメガを多出する上、他所に嫁いだオメガはこれまた滅多に生まれないはずのアルファを生む、特殊な遺伝子。

だから他にもそういう類《たぐい》の家系があってもおかしくないから、少し戸惑いはしたものの、抵抗なく呑み込めた。

だが『唯一無二の伴侶』とは『運命の番《つがい》』のことだろうか。

よく分からなかったけれど、口を挟めるような雰囲気ではなく、六花は黙って柊の話を聞いていた。

「俺は妻を溺愛《できあい》する祖父や父に呆《あき》れながらも、本心では彼らを羨《うらや》ましいと思っていた。俺はいつも誰かを探していた。誰かを愛したいと思っていた。俺だけの最愛を見つけて、祖父や父のように、思う存分愛したいと願い続けていたんだ。そして君に会った時、君こそが俺の伴侶だと分かった。俺だけの最愛に、ようやく出会えたと――どれほど嬉《うれ》しかったか、君に分かるか？」

そう問われたけれど、六花は反応できなかった。

どう反応しても、彼を怒らせてしまいそうだったからだ。

だが、本当は「分かる」と言いたかった。

(だって、私もそうだったから……)

六花とて、彼を特別な人だと思った。

彼の顔をきれいだと思った。

自慢じゃないが、六花の審美眼はかなり厳しい。身内に絶世の美男美女がいすぎるせいで、ちょっとやそっとの美人には反応しない。

その六花が、彼をきれいだと――いや、そうではない。きれいというより、彼の顔を好きだと思ったのだ。

顔だけじゃない。

彼の声を好きだと思った。彼の匂いが好きだと思った。

彼を構成する全てを、愛おしいと感じたのだ。

彼に触れたかった。触れられたかった。

彼を全身で感じてみたかった。

これまで誰にも感じたことのない欲望を感じたから、彼に抱かれたのだ。

今思えば不思議な感覚だったが、彼も同じだと確信していた。

彼にとっても自分は特別な存在で、二人の間には何か絆《きずな》のようなものがあるのだと感じた。

そして、彼に出会えたことを嬉しいと、確かに思っていたのだ。

（……それなのに、逃げてしまったから……）

彼にとっては裏切りだっただろう。怒るのも無理はない。

あの時の六花は、小清水の家に迷惑をかけられないという気持ちで、彼のことを考える余裕がなかった。

（……子どもで、弱虫で……私はいつも、自分を守るために人を傷つけてばかりいる……）

そんな自分を恥ずかしいと思う。

（……私は、彼に対してずっと不誠実だったよね……。ちゃんと真摯《しんし》に向き合うべきなのかもしれない……）

そう反省して項垂《うなだ》れた時、背後から可愛い声が聞こえてきた。

「まっま！」

息を呑んで、六花は勢いよく背後を振り返る。

するとマンションのドアの内側に、ベビーシッターと手を繋ぎ、こちらに歩いて来る我が子の姿があった。

散歩にでも出るところだったのだろう。

あのクマさんの帽子を被って、細い髪を二つに結んでもらっている。

「早織！」

咄嗟《とっさ》に叫んで駆け寄ろうとする六花の腕を、柊が掴んだ。

離して、と言いかけながら顔を上げると、ひどく強張《こわば》った柊の表情に口を閉ざす。

彼のチョコレート色の瞳は、六花を見ていない。

こちらへ向かってくる、早織に釘付《くぎづ》けだった。

「……あの子は、俺の子どもだな」

低く唸《うな》るような声は、疑問ではなく確認だった。

早織を奪われてしまうかもしれないという恐怖に駆られ、先ほどの反省は頭から吹っ飛び、咄嗟に否定の言葉を吐《は》こうとした六花を、柊は射るような眼差しで黙らせる。

「嘘をつくなよ。これ以上、俺を怒らせない方がいい」

「――っ……！」

彼の怒りで周囲の空気がビリビリと震えているような気がして、六花は震え上がった。

柔和な雰囲気と優しい笑顔で忘れそうになっていたが、柊はアルファだ。

圧倒的な力で、ベータやオメガを支配し得る存在なのだと改めて実感し、六花はごくりと唾を呑む。

青ざめて動きを止めた六花に小さく息を吐くと、柊はもう一度言った。

「あの夜の子だな。だとすれば、今は一歳くらいか」

これも質問ではなく確認だ。彼はもう確信しているのだろう。

たとえ否定してみたところで、ＤＮＡ鑑定をされればすぐに判明してしまうだろうし、彼はどんな手を使ってでもＤＮＡ鑑定に持ち込むだろう。

六花は観念して頷いた。

すると柊は「……よくも……」と唸るように呟いたが、怒りを押し込めるように深い溜め息をつくと、六花の腰を抱いて柔らかい笑顔を作った。

「笑って」

短く命令されて戸惑っていると、柊はチラリとこちらを見て言った。

「君が笑っていないと、あの子が警戒する。怖がられたくないからね。初めての父親との邂逅《かいこう》になるんだから」

「――えっ、待って！　早織に父親だと言うつもりなの⁉」

もう観念したとはいえ、それはいきなりすぎないだろうか。

早織はまだ幼いけれど、とても賢い。ずっと存在しなかった父親の存在に戸惑うだろうし、知らない相手を警戒して当然だろう。もっと時間をかけた方がいいのでは。

いやそれよりも、早織を奪われないようにすることを第一に考えなくては。

（待って待って……い、いろいろ、考えなくちゃいけないのに……！）

子どもの認知、裁判、弁護士、など、考慮すべきであろうことが、ぐるぐると六花の頭の中を巡る。

「あの子の名前は早織というのか。……いい名前だ」

六花の質問をまるっと無視して、柊が早織に目を向けたまま柔らかく微笑んだ。

その笑顔が先ほどまでの強張った表情とは違い、本当に優しく、早織を愛しいと感じているのが見て取れて、六花の胸がズキンと痛む。

自分が彼と子どもを引き離してしまったのだという罪悪感だ。

（でも、待って……！　だって、彼にはもう妻がいるのに！）

いくら早織が柊の子であっても、夫が他所で作った子どもを喜ぶ妻がいるわけがない。起こり得る混乱を考えれば、急速に行動を起こすべきではないはずだ。

六花は焦って柊の腕を掴み、必死に訴えた。

「お、お願い、待ってください！　そんなことをすれば、あ、あなたの家庭だって壊れてしまうでしょう⁉　奥様のことを考えてください。きっと傷ついて――」

すると柊はポカンとした顔になって、六花のことを凝縮する。

「――奥様？　君は何を言ってるんだ？」

「お、奥様です！　ええと、私が茶道を教えることになっていた……」

「オレリーのこと？　……そうか、それで君は逃げたのか」

柊は一人で納得したように頷いて、クツクツとおかしそうに笑い始めた。

「え……、あ、あの……」

何がそんなにおかしかったのか分からず首を捻《ひね》っている六花に、柊は怒りを解いた優しい眼差しでこちらを見る。

「オレリーは、義妹だよ。妻じゃない」

「……っ、え……」

それを聞いた瞬間、六花は全身の力が抜けそうになる。

彼に妻がいないと分かって、自分でもおかしいほどに安堵した。

「どうしてそんな勘違いをしたのか分からないけど、彼女は弟の妻だ」

柊はやれやれとでも言うように再び息をつき、六花の頬にそっと触れて囁く。

「言っただろう？　俺の妻は、未来永劫、君だけだと」

「……、しゅ」

柊さん、と言おうとした六花の声は、「まっまぁ～！」という早織の声にかき消された。

「さ、さぁちゃん……！」

早織がヨチヨチした足取りで、両手を広げてこちらへ歩いてくる。

すぐ背後では、ベビーシッターがニコニコしながら手を振っていた。

「ちょうどお散歩に出るところだったんですよ～！　ママがいて良かったねぇ、さぁちゃん」

「あ～！　まぁま、なんなんなん！」

普段ベッタリな母親の不在に寂しかったのだろう。

何かを訴えながら、一生懸命足を動かしてこちらに来ようとする姿を見て、六花は自分も腕を開いて駆け寄ろうとする。

だが目の端でサッと動く気配がしたかと思うと、六花より先に柊が早織を抱き取った。

「あ……！」

あまりに速い動きに、六花もベビーシッターも呆気《あっけ》に取られてしまう。

だが柊は気に留めた様子もなく、抱き上げた早織に優しい声で挨拶をした。

「……こんにちは、さぁちゃん。……はじめまして、だね」

「まーぅ！　ぁだぁ！」

早織は初めて会った人だと言うのに、抱き上げられても泣きもせず、不思議そうに柊の顔を見つめている。

（……ああ、こうしていると、よく似てる……）

柊と早織の顔が並ぶと、驚くほど造作が似ているのが分かった。凛々《りり》しい眉も、チョコレート色の瞳も同じだし、なにより顔全体の雰囲気がそっくりだ。

一緒にいると、どうしたって親子だと分かってしまうだろう。

その証拠に、ベビーシッターも驚いた様子で口元に手をやり、彼が誰かと訊ねることもせず立ち尽くしている。

父娘はそのまま、お互いに何かを確認し合うように見つめ合った。

「ん～……」

やがて何かを考えるようにして唸った早織が、パッと顔を輝かせて柊に抱きついた。

「パッパァ！」

早織はまだ喃語しか喋れない。だからそれが本当に「パパ」である可能性は低い。だが柊にとっては、間違いなく「パパ」だったのだろう。

目を見開いた後、何かを堪えるようにぎゅっと瞼を閉じて、震える声で言った。

「……うん、パパだよ。ありがとう、さぁちゃん」

第四章　溺愛監禁

父娘の邂逅《かいこう》の後、柊《しゅう》は当然のように早織《さおり》の散歩についてきただけでなく、その後部屋にまで上がり込み、早織と一緒にお昼寝までしてしまった。

小さなリビングのラグの上で、丸くなって一緒に眠る柊と早織にブランケットをかけながら、六花《りっか》は目の前の光景を半ば呆然《ぼうぜん》と眺《なが》めたものだ。

（この先どうなっちゃうのか、全く分からないけど……。なんて幸せな光景なんだろう……）

長躯《ちょうく》を曲げて横になっている柊のお腹に、早織がくっつくようにして眠っている。無防備に投げ出された小さな手足が、この子が安心しきっているのを伝えてくる。

早織は会ってすぐに柊に懐いてしまった。

元々あまり人見知りをしない子で、普段六花と二人きりでいるにもかかわらず、羽衣《うい》や桐哉《きりや》にも平気で抱っこされるくらいだった。

そんな早織でも、ここまで簡単に懐くのは珍しい。

今回のベビーシッターも、最初は泣きこそしなかったものの、警戒して近づこうとしなかった。

だから柊のように最初から懐いて、その上一緒に眠ってしまうなんてとても珍しいことなのだ。

（……本能で、父親だって分かるものなのかしら……）

血は水よりも濃いというやつだろうか。

だがそうだとしたら、自分は柊だけではなく早織にもひどいことをしてきたのだと、ますます罪悪感が強くなっていった。

だから、柊が六花を断罪し早織を奪うつもりならば、受け入れるしかないのかもしれないと覚悟を決めていた。

自分の勝手で父と娘を引き離してしまったのだ。その罰は受けるべきだろう、と。

だが早織はまだ小さい。せめて面会の頻度は高くしてほしいと頼んでみようとまで思っていたのだが、柊は意外にも六花を訴えるつもりはないと言った。

「俺は君と早織を引き離すつもりはないよ。早織にとっても、君は唯一無二の母親なんだから」

優しく言われて、涙が出るかと思った。

だがすぐにその感動の涙は引っ込むことになった。

「――それに、司法に君への罰を決めさせるなんてとんでもない。君への罰は、俺が決める。そうじゃなければ気が済まない」

爽《さわ》やかな笑顔でそんな恐ろしいことを言われ、今度は恐怖から涙が出そうになった。

罰とは、何をされてしまうんだろうか、とブルブル震える六花に、柊が言ったのはこれまた意外なことだった。

「とりあえず、引っ越しかな」

「ひ、引っ越し、ですか？」

なぜ引っ越しする必要があるのかと驚いていると、柊は微笑《ほほえ》みに薄暗い色を浮かべた。

「そう。だってここは、王寺《おうじ》さん所有のマンションだろう？」

「王寺さん……って言うか、羽衣《うい》ちゃ……姉が所有している不動産ですが……」

てっきり義兄である桐哉《きりや》の世話になっているのが気に食わないということだろうか、と思って付け加えたのだが、柊は首を横に振った。

「どっちでも同じだよ。俺の妻が俺以外の人間の援助を受けて生きているなんて、そんなこと許せるわけがない。君が頼るのは、俺だけでいい」

「つ、妻って……」

それは自分のことを言っているのだろうか、と六花は思わず瞬きをしてしまった。

『番契約《つがい》』をしていながら翌朝逃亡し、二年間も姿をくらました挙げ句、その間に子どもまで産んでいたというのに、彼はまだ六花を妻にするつもりなのだろうか。

だがその六花の反応がいたくお気に召さなかったらしい柊が、ピクリと眉を引き攣《つ》らせた。

「俺の妻は君一人だと、何度言えば分かってもらえるのかな？」

言っていることは一途で情熱的で素敵《すてき》なはずなのに、その美しい目が凍《い》てついていてひたすら怖い。

プルプルと生まれたての子鹿《こじか》のように震えていると、柊はスッと笑みを消し、低い声で宣言した。

「俺は君と結婚する。明日、婚姻届を出すからそのつもりで」

そして彼はそれを実行した。

「今日はひとまず帰る」と言って、その日の夜に帰っていった柊は、翌朝の七時にまたやって来た。

片手にはテイクアウトしてきたのか、ベーグルとスムージーで有名なベーカリーの紙袋、もう片方には区役所の封筒を持っている。

彼は寝起きでポヤポヤしたままの母娘をソファに座らせると、六花にはコーヒーのカップとベーグルサンドを手渡し、恐竜柄のパジャマを着た早織を抱っこした。

「おはよう、さぁちゃん」

「ん～ぁ、まぅう……」

寝起きのせいで反応が鈍い早織に、「今日もかわいいねぇ、天使か」としきりに褒《ほ》め称えながら、六花の方を見る。

「早織はアレルギーはないんだよね？」

「あ、はい。今のところは……」

「豆乳とバナナは大丈夫？」

「大丈夫……」

どうやら早織用に買ってきてくれたスムージーは、アレルゲン抜きのもののようだ。

父親になってまだ二日目だというのに、そこまで細やかな気を配れるなんて、と六花は感動してしまう。

柊の逞《たくま》しい膝の上に乗せられた早織が、彼からスムージーを飲ませてもらう姿を見ながら、六花はほわんと胸が温かくなった。

（幸せな光景だなぁ……）

父と子がくっつきながらご飯を食べている。

なんて幸福であったかい光景なのだろうか。

その美しい光景を目に焼き付けるように凝視していると、視線に気づいたらしい柊が封筒を手渡してくる。

「なんですか？　これ……」

「婚姻届だよ。記入して。朝ごはんを食べたら出しに行くよ」

「えっ⁉　こ、婚姻……⁉　昨日の今日で、もう取ってきたんですか？」

びっくりして目を丸くしたが、柊はあっさりと肩を上げた。

「取ってこなくてもダウンロードできるんだよ」

「そ、そうなんですね……」

そうだとしても、再会したのは昨日である。

なんというフットワークの軽さか、と慄《おのの》きながら中を検《あらた》めれば、確かに婚姻届が三枚入っていた。

その全てに、すでに彼の名前と保証人の名前が記載され、捺印《なついん》もされている。

（き、昨日のうちに保証人の方にまでサインをもらいに行ったってこと⁉）

仕事が早すぎないだろうか。

「二枚までは書き損じても大丈夫だよ」

にこやかに言われたが、多分この人はお腹の中では全く笑っていない。獲物を囲い込もうとする肉食獣のように、じっとりとこちらを睨《にら》みつけているのだ。

完全に逃げ道を塞《ふさ》ごうとされているのが分かり、六花はまたブルブルと震えてしまった。

とはいえ、六花の方も彼からの求婚（？）を断る理由などない。

彼が小清水《こしみず》の実家に迷惑をかける心配はなくなったし、そもそも六花はもう小清水との縁は切れている。

自分の都合で彼と早織を二年間も離れ離れにさせてしまったのだ。

少しでも早く一緒にいられるようにするべきだろう。

彼は六花のしたことにまだ腹を立てていて、『罰を与える』と宣言はしているが、母娘を引き離すつもりはないと言ってくれたし、六花のことをまだ妻だと言ってくれている。

それならば、彼の傍《そば》にいてもいいのではないだろうか。

なにより、六花が柊に惹《ひ》かれる気持ちは、二年前と変わっていない。

彼に対して感じる特別感は再会してからもずっと感じている。

彼が傍にいると安心するし、満ち足りたように心と身体が緩むのだ。

（――これが、番《つがい》という存在なのね……）

番《つがい》は切り離せないものだと言われるが、確かにそうだと、六花は今更ながら実感した。

彼と出会った後の二年間、彼から逃げたり実家から勘当されたり、子どもを産んだり育てたりと、目まぐるしい日々を送る中でも、六花はずっと飢餓感《きがかん》を覚えていた。

何かが足りなくて、満たされない、寂しい、悲しい、苦しい、という負の感情だ。

それは常に存在しているせいで、六花にとっては当たり前の感情になりすぎていて、普段は忘れてしまっていたけれど、こうして柊の傍にいるとそれを全く感じない。

（……我ながら、本当に自分勝手よね。私……）

彼が強引に結婚しようとしていることを、嬉《うれ》しいとすら思っている。

散々逃げたのは自分のくせにそんなことを考えているなんて、彼が聞いたら間違いなく呆《あき》れ果てるだろう。

そんなわけで、柊との結婚を受け入れた六花だったが、まずそれを説明しなくてはいけない人たちがいる。

小清水のきょうだいたちだ。

彼らは六花が勘当された後も、ものすごく心配して何かと世話を焼いてくれた。

特に姉の羽衣にはたくさん力になってくれて、説明しないという選択肢はなかった。

だから婚姻届を出しに行く直前に、六花は姉に電話で説明をすることにした。

電話にすぐ出てくれた羽衣は、事情を説明するなり、『待って。すぐにそっちに行くから』と電話を切り、その十分後には夫婦で六花のマンションに乗り込んできた。

王寺家の妻としていくつもの事業の責任者を務める羽衣も大変忙しい人だが、グループ経営者である桐哉は毎日秒刻みのスケジュールをこなす多忙すぎる人である。

どちらもいつ寝ているのかと不思議なレベルで仕事をこなす超人なのだが、そんな二人がスケジュールを投げ打って飛んできてくれたことに、六花はひたすら驚いてしまった。

「う、羽衣ちゃん……！　桐哉くんも、こんな所に来て大丈夫なの……⁉　お仕事は……⁉」

「六花ちゃん、仕事よりも私は家族が大事。それは桐哉くんも同じよ」

羽衣は力強く笑ったが、多分桐哉は六花が大事というより、六花を心配する羽衣が心配でついてきたのだろう。

（うう、桐哉くん、巻き込んでごめんなさい……）

心の中で必死に謝る六花を他所《よそ》に、姉夫婦は柊に向き直った。

絶世の美男美女が仁王立ちをしているだけでも圧倒されるのに、彼らの周囲だけ重力が増したかのような重苦しい空気が流れていて、思わず彼らの前に跪《ひざまず》きたいような気持ちにさせられる。

傲慢《ごうまん》で高圧的なアルファの代表のような桐哉は当然のことながら、オメガの羽衣までとんでもない迫力で、さすが『女神胎《めがみばら》』と六花は狼狽《うろた》えながらも思ってしまった。

しかしさらにすごいのは、このど迫力夫婦を前にしても、にこやかな微笑みを浮かべている柊だった。

明らかな敵意と警戒を向けられているのに、それをまったく感じていませんといった涼しい顔で早織を抱っこしている。

早織はといえば、大人たちの緊迫した雰囲気《ふんいき》など知ったことかとばかりに、柊の顔をペチペチと叩《たた》いては機嫌良さそうにキャッキャと笑っていた。

我が娘ながら大変豪胆である。

しかし可愛《かわい》い。何をしていても我が子最高に可愛い。

「あなたが妹の番《つがい》ですって？」

美しい顎を反らして羽衣が言った。

姉がこんなに高圧的な物言いをするのは珍しい。

こんなふうにしていると、本当に母そっくりだなと感動すら覚えてしまう。

まさに女神のような神々しさである。

だがそんな女神級の美貌を前にしても、相変わらず柊は平然とした顔だ。

「はい。二年前に。『番契約《つがい》』をした相手に翌朝逃げられて、ずっと探していましたが、ようやく見つけることができたところです」

淡々とした説明に、羽衣がチラリとこちらを見る。

その眼差《まなざ》しに、六花はドキッとした。

二年前のことは家族にあらかた説明をしていたけれど、六花は相手を『行きずりのアルファ』としか言わなかった。

家族は当然のことながら相手を特定した方がいいと言ったが、六花が頑《かたく》なに拒んだのだ。

一度だけ、羽衣に確認されたことがある。

『六花ちゃん。あなたの番《つがい》を本当に探さなくていいの？　もしその人が小清水にとって害になる者でなければ、あなたはその人と添うことができるわ。多分、番《つがい》になった以上、その方が幸せになれると思う……』

羽衣は「もしそうだとしても、ママは許してはくれないだろうけれど……」と少し気まずそうに付け加えたが、それは六花も分かっていたので苦笑した。

家のための政略結婚をしないのであれば、勘当されるのは仕方ない。一人許せば、他のきょうだいたちも同じことをしようとするだろうから。

『あの人がもし害をなす者だったら……ママに、社会的に……ううん。いろんな方向から、死んだも同然にされる。そしたらきっと、私は生きていられない。だからいいの。分からないままでいい。探し出さないで……』

小清水に害をなす者に、母が容赦をするわけがない。

柊がひどい目に遭《あ》うなんて――それも生半可な形ではなく、命すら危うい状態にされてしまうかもと考えるだけで、気がおかしくなりそうだ。そんなことには絶対に耐えられなかった。番《つがい》となった相手を守ろうとする六花の執着を、同じ番《つがい》を持ったオメガとして、羽衣は理解できたのだろう。

六花にそれ以上の追求をしなかったし、さらには家族にもしないよう説得までしてくれた。その結果、家族の間で六花の番《つがい》に関しての話は出なくなった。

だがきっと、羽衣は相手を探し出すべきだったと思っていたのだろう。

六花に向けた眼差しは、「良かったね」というような、優しい笑みを含んだものだった。

(羽衣ちゃん……)

六花は姉の思いやりに涙が出そうになりながら、彼女に向かって微笑みを返した。

「つまり我々に近づいたのは、義妹《いもうと》が目的だったということか？」

低い声で訊《き》いたのは、桐哉だ。

以前、桐哉は柊のことを「友人」と称していた。彼が他者を「友人」扱いするのは珍しい。それだけ柊を気に入っていたということだろう。それなのに、と少々裏切られた気持ちになっているのかもしれない。

「そうですね。なにしろ、二年間探し続けて、ようやく得た手かがりだったんです。あなた方を利用する形になってしまったことは申し訳ないと思いますが、俺としても藁《わら》にも縋《すが》る思いだった。ご勘弁いただければ」

まったく悪びれない態度で答える柊に、桐哉と羽衣が顔を見合わせた。

この二人は『運命の番《つがい》』同士だけに、番《つがい》に逃げられる苦しみというものを想像できるのかもしれない。

「……こういうことになったので、急遽《きゅうきょ》君について調べさせはしたが、君本人にも確認したい。君は小清水家に害をなす人間ではないな？」

ため息を吐《は》いて言う桐哉に、柊は飄々《ひょうひょう》とした態度で肩を竦《すく》める。

「あなたが調べたのなら、信用できる情報なのでは？　俺の確認は必要ですかね？」

少々皮肉の効いた言い方に、桐哉はピクリと眉を上げたものの、怒りは見せずに静かに目を伏せた。

「──まあ、誓約代わりだと思ってくれればいい。違《たが》えれば、この王寺家が制裁を加える」

不穏な発言に、さすがに柊が笑顔を消して真顔になる。

「誓約、ですか。『ヤリ捨て』した側が誓約を求めてくるなんて、少々ふざけているとは思われませんか？」

わざと俗っぽい言葉を使ったのは、おそらく彼の怒りの表れだ。

やれやれと言わんばかりの柊に、六花は申し訳なくて身を縮める。

小清水の事情を知らない彼にしてみれば、六花のしたことは確かに『ヤリ捨て』以外の何ものでもない。

しょんぼりと肩を下げる六花に代わって口を開いたのは羽衣だった。

「……私たちの実家の小清水家は、婚姻によってその地位を築いた特殊な家です。小清水家に生まれたオメガは、優秀なアルファを産むことができるからです」

羽衣の話に、柊が何かを思い出すようにわずかに眉根を寄せた。

「それは聞いたことがありますね。……『女神胎』だったか。都市伝説のようなものだと思っていたけれど、本当なんですか？」

柊の疑問に、桐哉が首肯した。

「本当だ。『女神胎』は各界の権力者《アルファ》にとっては宝玉で、手に入れるために列を成している状態だ。現にこの王寺家《ウチ》ですら、女神胎を妻に持つことができたのは、百年ぶりだった」

桐哉の話に、柊が初めて瞠目《どうもく》する。

「この国屈指のアルファの名家である王寺家が、お行儀よく行列に並ばざるを得ないということですか。……それは確かに特殊だ」

「それだけ求められている『女神胎』だけに、小清水家では慎重に婚姻相手を選ばなくてはならないんだ。なにしろ、小清水家の血を欲しているのは、法の目を掻《か》い潜《くぐ》って拉致《らち》監禁もできるような権力者たちだ。下手をすれば小清水家丸ごと攫《さら》われ、子を産む道具として飼い殺しにされる可能性もある。それを防ぐために、小清水の当主は権力者たちの均衡を崩さないように、緻密な計算をした上で相手を定め、子どもたちを嫁がせている」

桐哉の説明に、柊はどこか興醒《きょうざ》めしたような表情になったが、早織がむずがるような声をあげたので、ヨシヨシとあやしながら娘を優しく抱き直した。

「……なるほどね。子どもたちの番《つがい》に、家を狙う他のアルファを牽制させているというわけですか。本当に、古《いにしえ》の王侯貴族のようですね」

「婚姻による安全保障は、どの時代であっても効果的な方法だ」

「それは否定しませんが。要するにあなた方がおっしゃりたいのは、二年前に六花が俺から逃げたのは、家のためだったということですか？」

早織に向かって微笑みかけながら、柊が淡々と問いかける。

その口調は慇懃《いんぎん》無礼《ぶれい》という表現がピッタリで、面倒くさそうですらあった。

まるでお前たちのことなど二の次だと言わんばかりの態度に、六花はヒヤヒヤしてしまう。

アルファの性質が誰よりも強く濃い桐哉を前に、こんな態度でいられる人間は、同じアルファでもそういない。

桐哉が怒れば大変なことになる、と肝を冷やしていた六花だったが、意外なことに桐哉は気分を害したどころか、少し面白そうに口元を緩めて、柊の言葉に頷《うなず》いた。

「──そのとおりだ」

「だったら余計なお世話ですね。俺は彼女が逃げた理由がいかなるものであっても、納得はしない。あなた方がどれだけ妹の擁護をしようとも、俺の番《つがい》は俺から逃げて、俺に隠して子どもまで産んでいた。その事実は消えない。俺は生涯愛すると決めた番《つがい》に裏切られたんだ。その言い訳も償いも、本人からされて然《しか》るべきだ。あなた方からじゃない」

厳しく、辛辣《しんらつ》だが、正論だった。

きっぱりと言い切る柊に、羽衣が堪《たま》りかねたように口を開こうとする。

だが六花はそれを腕を掴《つか》んで止めた。

「六花ちゃん……」

「いいの。柊さんの言うとおりだから」

六花にどんな事情があったとしても、柊には関係のないことであるのと、彼の側に全く非がないことは変わらない。

「……どんな理由があったとして、私がしたことはなくならない。だから私は、してしまったことの責任を取らなくちゃいけない。でもそれは私がするべきことで、誰かに代わってもらうわけにはいかないと思う」

姉たちが六花を心配して飛んできてくれたことは分かっているが、おそらくこの決着は、柊と自分の間でつけなくてはならないのだ。

六花の言葉に、羽衣はしばらくこちらを見つめていたが、小さくため息をついて微笑んだ。

「……そう。強くなったのね、六花ちゃん」

少し寂しそうに言う妻の肩を優しく抱きながら、桐哉が六花の方を見る。

「大丈夫なんだな？」

「うん。ありがとう、桐哉くん」

「……兄が妹を案じるのは当たり前のことだ」

優しい姉夫婦に改めて頭を下げた後、六花は柊に向き直った。

「二年前逃げたこと、そして早織を産んだことを秘密にしていたこと、本当にごめんなさい。何をすれば償いになるか分からないけれど、あなたが私を傍に置いてくれると言うなら、あなたの納得できる償いをしていきたいと思っています。……どうか、よろしくお願いします」

自分の考えを頭の中で整理しつつ、思っていること述べた。

これが六花の偽《いつわ》りのない気持ちだった。

再会したばかりで、自分たちの間にはまだ解け切らない蟠《わだかま》りが残っている。

蟠りがあるから「無理だ」と諦めて逃げていては、これまでの情けない自分のままだ。

なにより、それでは自分の番《つがい》は永遠に手に入らない。

（そうだよ。私は、柊さんを……私の番《つがい》を取り戻したい）

これまでいろんなことをごちゃごちゃと考えて、自分の本当の気持ちに蓋《ふた》をしてしまっていた気がするが、六花は柊に惹《ひ》かれている。

それは彼と出会ってからずっと一貫した感情だ。

彼と出会った時も、傍にいなかった二年間も、再会してからも、六花は柊が恋しい。

彼の傍にいたいと思う。彼と生きていたいと思うのだ。

（だったら、そのためにやれることをやるしかないでしょう……！）

改めてそう覚悟を決めると、六花は柊に向かって微笑んだ。

その微笑を見た柊は、少し驚いたように目を見張ったけれど、やがてフッと眼差しを緩めて頷いた。

「覚悟しておいてね。俺の愛情は、重くて強いよ」

柊のセリフに、何が嬉しかったのか、早織が「きゃーぁ！」とはしゃいだ声で叫《さけ》んだのだった。

――入籍を済ませたのは、そんなドタバタを終えた後すぐだった。

桐哉と羽衣が帰った後、柊は落ち着くまもなくすぐに区役所へ向かい入籍を済ませた。

「これで君はもう逃げられない」

相変わらず不穏な発言を、穏やかな笑顔で言う男である。

だが六花はもうそのセリフに不安を覚えたりはしなかった。

なぜなら、そう言う彼の眼差しに、安堵《あんど》の色が見えたからだ。

(……きっと、ずっと不安にさせていたのよね)

番《つがい》がいなくなった不安を抱えて二年間も過ごしてきたのだ。

六花を囲い込んでしまいたいという欲求が芽生えてしまっても、致し方ないことなのだろう。

「もう逃げませんよ」

安心させようと言ってみたが、柊はこちらをチラリと見た後、フッと皮肉っぽく笑った。

「どうだか」

まったく信用してもらえていないのが分かって、六花はしょんぼりと肩を下げた。

(――そう簡単に信用はしてもらえない、か……)

分かってはいたけれど、それでも少々悲しくはなる。

とはいえ、全て自業自得だ。

（落ち込んでいる場合じゃない！　信用してもらえるように、これから頑張ればいいだけ！

しっかりしなさい、私！）

柊の傍にいる——そう決めた以上、うだうだクヨクヨと考えている暇はないのだ。

六花はこれからの生活へ向けて、意気込みを新たにしたのだった。

＊＊＊

六花と早織を連れて、都内のマンションに引っ越しをした。

都内ではあるが閑静な住宅街にある低層マンションで、近くにスーパーや病院、保育園などもあって暮らしやすい場所を選んだ。

これまで彼女たちが暮らしていたのは、さすがは王寺家次期当主の妻の持つ物件と言うべきか、全てが揃《そろ》った完璧な物件で、引っ越すのは惜しいと思えるほどの場所ではあった。

だが問題はそこではない。

六花が……六花と早織が自分以外の者の援助を受けているという現実が、柊にとっては我慢のならないことだったのだ。

六花は自分の番《つがい》だ。彼女にとって頼れる相手は、まず第一に自分であって然るべきだ。

早織に関しては、自分が父親である以上娘の養育は義務ですらある。

にもかかわらず、それを他者の手に委ねてしまっていたことが、悔やまれてならない。

六花の傍にいるのが、どうして自分ではなかったのか。

最愛の番《つがい》に子が宿った時の喜びを、どうして自分は分かち合っていないのか。

彼女のお腹の中で我が子が育っていく過程を、どうして自分は見ていないのか。

我が子が生まれた時を、どうして自分は知らないのか。

どうして、どうして、どうして――――。

ずっとそんな疑問詞ばかりが頭の中を巡ってしまうのだ。

(……分かっている。過ぎてしまった過去は変えられない)

だから過去に拘泥《こうでい》することを、柊は滅多にしない。

それよりは、今歩んでいる現実を注視し行動する方がよほど建設的だからだ。

それなのに、六花に関してだけはそれができなかった。

変えられない過去を、どうしても変えたいと願ってしまう。

本当なら自分が得ていたはずの幸福が、欲しくて欲しくて、叫び出したいくらいだった。

(もう二度と、こんな思いを繰り返したくはない)

だから柊は、自分の大切な大切な番《つがい》と子どもを、囲い込んでしまうことに決めた。

大事なものは手の中にしっかりと握り込んで、出してはいけないのだ。

二年前、ようやく邂逅した番《つがい》の手をしっかり握っておかなかったから、あんな失態を犯してしまった。

（今度は、間違えない。もう二度と、失敗はしない）

柊は番《つがい》とその子の住まいに、セキュリティの万全なマンションを選んだ。

彼女が『女神胎』と呼ばれる特殊なオメガで、他のアルファから狙われやすいと聞いた以上、そこは絶対に譲れないところだ。

もう『番契約《つがいけいやく》』が成立している以上、六花が他のアルファに発情期《ヒート》を起こすことはないので、「子を産ませる」という目的で攫われることはないだろう。

だが、本人は自覚がないらしいが、六花はかなりの美女である。大きなメガネをかけていてもなお、その美貌は隠し通せないほどだ。

そのくせ、自信がなさげで控えめなものだから、アルファはもちろん、ベータの庇護欲《ひごよく》を大いに唆《そそ》るタイプなのである。

（誘拐されてもおかしくない。俺なら間違いなく誘拐する）

彼女がすでに他のアルファの番《つがい》だったとしても、知ったことかとばかりに攫って自分のものにするだろう。

自分がするのだから、他の人間がそう考えてもおかしくはない。

攫われないように、逃げ出さないように、幾重にも蓋をして彼女を隠さなくては。

冗談ではなく本気で考えている柊は、さっそく最愛の番《つがい》のスマホに位置情報確認のためのアプリを入れた。

「また君がいなくなったら困るからね」

六花は驚いていたがそう説明すると、眉を下げて「分かりました」と頷く。

その素直な反応に、柊としては少々肩透かしを喰《く》らった気分になってしまう。

(もっと反対するかと思ったんだけどね……)

夫婦とはいえそんなことをされたら、普通なら嫌がるだろうに。

(俺が納得できる償いをする、と言っていたのは嘘《うそ》ではないということか)

だが、気を緩めるわけにはいかない。

柊は六花にさらに付け加えた。

「君にはできるだけ俺の仕事に同行してもらいたい」

「お、お仕事に、同行、ですか……？」

意外だったのか、六花はパチパチと瞬きをする。

その驚いた顔が可愛くて、柊は思わずじっと見つめてしまいながら続けた。

「ああ。今俺は東京《とうきょう》、金沢《かなざわ》、パリを行ったり来たりしていて、各地に家がある状態だ。だがさすがに早織をあちこち連れ回す生活は難しいだろう。だから弟夫婦と相談して、弟夫婦がパリに在住して向こうの仕事を専門に請け負ってくれることになった。まあ金沢との往復はあるけど、国外に出るよりマシだろう」

「え……そんな、弟さんにご迷惑をおかけするなんて……」

意外なところを気にされて、柊はまた肩透かしを喰らった気分になったが、「大丈夫だ」と首を横に振る。

「弟の……柾《まさき》の妻は調香師のオレリーだ。彼女の本拠地は元々向こうだし、今日本にいるのも夫の生まれ育った国を知りたいという個人的な理由からだ。彼女の気が済めば、弟夫婦はまたパリに戻る予定だったんだ。少し早まるだけさ」

そう説明すると、六花は「それなら」とホッとしたように笑った。

またもやあっさりと頷かれ、柊の方が面食らってしまう。

「君は俺の仕事に同行するのが嫌じゃないの？」

つい訊《たず》ねてしまったが、嫌だと言われても連れて行くつもりなので、我ながら意味のない質問だ。

だが六花はきょとんとした顔になった。

「え？　私は柊さんとずっと一緒にいられて嬉しいです」

サラッとそんなことを言われて、柊は胸の中にブワッと喜びが広がるのを感じた。

（……っ、騙されないぞ……！）

今すぐ六花を抱き締めてキスをしたくなったが、これがまた逃げるために油断させようという演技だったら困る。

衝動をグッと堪えていると、六花が少し考え込むように顔を顰《しか》めた。

「ただ……早織がじっとしていられるか心配ですが……。ほら、お散歩とかお昼寝とかオムツの交換とか、小さい子ってしてあげなくちゃいけないことが分刻みであるので……」

「もちろん、付き添いできるベビーシッターはもう探してある」

すかさず柊が言えば、六花はパッと顔を輝かせた。

「わ！　それなら安心ですね！　……あ、でもいきなり預けると早織が混乱すると思うので、できれば慣らし期間を設けていただけたら……」

「それは当たり前だよ」

「わぁ、良かったぁ」

ふにゃりとした笑顔を見せられて、柊はなんとなく罪悪感のようなものを感じてしまう。

妻を見張るために自分の仕事に同行させるなど、度を超しているということは分かっている。自分でもどうかしているると思っているのに、それを笑顔で受け止められると、どういう感情になればいいのか分からなくなってくるのだ。

焦燥感と怒りと不安、そして罪悪感と、自分らしからぬ感情が渦巻いている。

(俺はもっと、冷静な人間だと思っていた……)

六花に出会ってからというもの、自分の新たな面を発見してばかりだ。

(できればもっと、良い面を発見したかったけど……)

自嘲めいたことを考えていると、六花が何か言いたげにこちらを見つめてきた。

その飴色《あめいろ》の瞳をきれいだと思いながら「どうかした？」と訊ねると、彼女はおずおずと口を開いた。

「あ、あの……私から、一つお願いが……あるのですが」

「……叶《かな》えられるかどうかは置いておいて、まず聞こうかな」

やっぱり自分たちを解放してほしい、などと言われても聞けるわけがない。

前もって予防線を張りながら慎重に答えると、六花はこくりと頷いてから意を決したように言った。

「柊さんの、ご家族にお会いしたいです……！」

「え」

意外な要求に、目が点になった。

六花と早織を囲い込んで見張ることしか考えていなかったので、実家の家族のことなど全く考えてもいなかった。

家族には結婚したことは伝えてあるが、特段向こうから何かを要求してきてはいない。

なぜなら彼らは、柊が自分の番《つがい》を死に物狂いで探していた二年間を見てきている。

見つけ出した暁には囲い込み、傍から離さなくなることは想定内なのだろう。

一ノ瀬の一族は、伴侶に対する度を超した愛情に慣れているのだ。

だから実家のことは後回しでいいと思っていたのだが、まさか六花が会いたがるとは想定していなかった。

なにしろ、半ば強制的に結婚に持ち込まれた上に、着々と緩やかな監禁生活（？）へと追いやられている被害者である。

もっと危機感とか持った方がいいのではないか。

いや監禁しようとしている側が言うことではないが。

「……うちの家族に会いたいの？」

念のため確認すると、六花はポッと頬を染めた。

なぜ照れているんだ。分からん。

「そ、それは、はい！　け、結婚したのだし、義理とはいえ、お父さんとお母さんになるわけですから、ご挨拶《あいさつ》くらいは……！　もちろん、弟さんご夫妻にも！」

常識でいけば確かにそうだ。結婚相手の家族には会っておくべきだろう。

だがしかし、自分たちの結婚が常識的なものであるかどうか、よく考えてみてほしい。呑気《のんき》にご挨拶をしている場合じゃないだろう。

（……でもまあ、家族に会わせるのは別に問題ないだろう……）

一ノ瀬家の執着というものを誰よりも分かっているから、六花が逃げ出すことに手を貸す人たちではない。

六花が会いたいと言うなら、会わせてやればいい。

「分かった。ちょうど来週金沢に行くから、その時に顔合わせできるようにスケジュールを組んでおく」

柊が請け負うと、六花はパッと顔を輝かせた。

「ありがとうございます！」

「いや、お礼を言われるようなことじゃないでしょ……」

複雑な気持ちで苦笑いをしていると、六花が言いにくそうにしながら付け加える。

「あの……、私の実家なんですけど……その、挨拶とかは、できなくて……」

「ああ、まあそうだろうね……」

六花は自分と『番契約《つがい》』をしてしまったことで、政略結婚ができなくなって実家から勘当されてしまったらしい。

（……政略結婚ができないから勘当とか、いつの時代の王族だよ……）

苦々しい気持ちになってしまうが、それが上流階級というやつなのだろう。

一ノ瀬家もそれなりに裕福な家だが、王寺家や小清水家はその比ではない。

歴史で言えば、向こうは一千年、こちらはたかが百数十年と言ったところで、向こうは中央貴族、こちとら田舎の下級役人……くらいの身分差である。

所詮《しょせん》田舎の成金に過ぎないが、その田舎であっても政治家やら企業家やらの間で、家同士の政略結婚は存在する。

（どちらかといえば、一ノ瀬家《うち》が特殊なんだろうが……）

遺伝的に重度の恋愛体質である一ノ瀬家では、政略結婚をしようにもできない。

そんな家に育っている柊だから、小清水家が政略結婚をできなくなった娘を勘当したという事実に、余計に違和感を覚えてしまうのかもしれない。

「俺が欲しいのは家じゃなくて君だから、なんの問題もないよ」

むしろ余計な実家がついてこない分、丸ごと彼女を囲い込んでしまえるから好都合だ。

そう思って言ったセリフに、六花がさらに顔を真っ赤にした。

「そ、そ、そう、ですか……」

「………うん」

「て、照れちゃいますね……」

（いやだから照れてる場合なのか君は……）

えへへ、とりんごのように真っ赤な顔で笑う六花に呆《あき》れながらも、柊は辛抱たまらず、彼女を腕の中に引き込んでぎゅっと抱き締める。

「しゅ、柊さん？」

六花は戸惑う声をあげたが、無視して抱き締め続けていると、彼女は黙って身体の力を抜いた。

自分の胸に体重を預ける柔《やわ》らかくて温かい身体に、ホッとした。

彼女が自分の腕の中にいる時だけ、緊張を少し緩めることができる。

小さな頭の上に顎を乗せて鼻を近づけると、柊は思い切り深呼吸してやる。

スウ――――ッと鼻から息を吸う音に、六花がギョッとして身動《みじろ》ぎをし始めた。

「ぎゃっ！　ちょ、柊さん!?　か、嗅いでません!?」

「嗅いでない。吸ってる」

「吸って……⁉　な、何を⁉」

「妻を」

猫吸いならぬ、妻吸いである。

「えええ⁉　待って、ねえ、吸わないで！　やだぁあああ！」

六花が涙目でジタバタしだしたが、柊は彼女を抱き締める腕に力を込めて逃すまいとした。

「うるさいよ。君だって俺の匂いを嗅いだでしょ。おあいこだよ」

「えっ⁉　か、嗅いでないです！」

「嗅ぎました。酔っ払ってクンクン……仔犬《こいぬ》みたいで可愛かったけど」

初めて会った時、彼女は「いい匂い」だと言って柊にくっついて匂いを嗅いでいた。

指摘してやれば六花は思い出したのか、真っ赤な顔のまま気まずそうに唇を尖《とが》らせる。

（その顔、可愛いからやめてほしい……）

「に、二年前の話じゃないですか……！」

「時効はないので」

「う、うう……」

悲しげに呻《うめ》き声を出す六花の顎を掴んで上向かせると、レンズ越しに薄い色合いの大きな瞳と視線が合った。

相変わらず、透明で、無垢《むく》な子どものような瞳だ。

（庇護欲を唆る目だ……）

これがオメガゆえのものなのか、あるいは六花特有のものなのかは分からないが、どうしようもなく惹《ひ》きつけられることだけは確かだ。

「柊さ……」

何かを問いかけるように名前を呼ぼうとする六花を、「しーっ」と囁《ささや》きかけることで黙らせ、柊は彼女のメガネを外した。

それをリビングのテーブルの上に置きながら、柊はおもむろに彼女の唇にキスをする。

六花は拒まなかった。

瞼《まぶた》を閉じて、柊のされるがままになっている。

（――それでいい）

彼女の唇の柔らかさを堪能しながら、柊は心の中で満足する。

――彼女は自分の番《つがい》だ。拒まずに、従順に、このまま自分の腕の中にいさえすればいい。それが彼女にできる愛の示し方だ。

そう願う反面、どこかでその願望を否定する自分もいる。

――それは愛じゃない。支配だ。お前は愛し愛されたいのではないのか？

眼裏《がんり》に映るのは、家族の姿だ。

祖父は祖母を、父は母を、弟はその妻を愛してやまない。

だが彼らはいつだって、その伴侶を尊重している。決して無理強いをしないし、選択権はいつだってその伴侶にある。彼らは、伴侶に全てを委ねているのだ。

自分たちの重すぎる愛情が、時に相手を息苦しくさせてしまうことを理解しているから。

そうしなければ、たとえ愛情があったとしても、その関係は壊れてしまうだろう。

(——分かってる。今俺がやっていることは、危ういことなんだって……)

六花を囲い込む檻《おり》を作って、そこに閉じ込めようとしている。

愚かなことをしている。

分かっている。だが、どうしようもなかった。

そうしなければ、不安が消えない。

六花がまたいなくなってしまうのではないかと思うと、胃の底が抜けるような心地になるのだ。

(——全部、逃げた君が悪いんだ)

己の心の弱さを、よりによって彼女のせいにして、柊は目を閉じて彼女の匂いを吸い込んだ。

甘い香りだ。花蜜《かみつ》を含んだ花と、滴《したた》るような果実が混じる、彼女特有の肌の香りが柊の思考を酔ったように霞《かす》ませていく。

細い項《うなじ》に指を這《は》わせると、雰囲気を察した六花は慌てたように眉を下げた。

「しゅ、柊さん……？　さぁちゃんが……起きちゃうかも……」

テレビボードの上にあるベビーモニタリングセンサーのモニターに、彼女がチラリと目をやるのを見て、柊はクスッと笑う。

「起きればすぐアレが教えてくれるよ。だから大丈夫」

「あ……でも、こ、ここで……？」

リビングという場所が気になるらしく、六花は真っ赤な顔でオロオロと視線を泳がせている。

「寝室に行ってもいいけど、……そしたら手加減ができないかも」

意地悪く言ってみると、六花は赤い顔をさらに赤くした。

先日のことを思い出したのだろう。

入籍後、初めて彼女を抱いた時、柊は我を失ってやりすぎてしまったのだ。

翌朝、六花はベッドから起き上がれず涙目になっていた。

(とはいえ、全く反省はしていないけどね)

二年間の禁欲生活を強いられていたのだ。

欲が爆発したとしても無理はない話だろう。

「どうする、六花？」

俺はどっちでもいいけど、と言いながら訊ねると、六花は真っ赤な顔のままこくりと頷く。

「……っ、じゃ、じゃあ、ここで……」

無事本人から許可が出て、柊は舌舐《な》めずりしたい気持ちで破顔する。

「分かった。それならまず、自分で脱いでもらおうかな」

＊＊＊

六花はリビングの明るい光の中、着ていたシャツワンピースのボタンをモタモタと外した。

（うう……どうしよう、恥ずかしい……）

俯《うつむ》いてしまうのは、自分をじっと見つめる柊の視線を感じるからだ。

早織を寝かしつけた後、リビングで柊と話をしていたのだが、いつの間にかそういう雰囲気になってしまった。

とはいえ、夫婦になったのだから別におかしいことではない。

それが寝室ではなくリビングであることも、おそらくそれほど変なことではないはずだ。

問題は、夫に目の前で服を脱げと言われたことだ。

柊と入籍し、一緒に住むようになってまだ数日だが、夫婦の営みは最初の夜に経験済みだ。

だがその最初の夜、文字どおり抱き潰されてしまったのだ。

それは六花の知る柊の抱き方とは全く違っていた。

出会った日の夜、六花の発情期《ヒート》に巻き込まれた柊は、フェロモンのせいで半ば正気ではなかったはずだ。

その正気を失っていたはずの抱き方の方が、ずっと優しかった。

先日の柊は、まるで嵐だった。

情熱を叩きつけるようなセックスだった。

六花が幾度果てても許してくれず、彼が一度果てる頃には六花はもういきすぎて疲労困憊《こんぱい》で、
それなのに彼は一度で終わってくれなかった。

快楽でぐちゃぐちゃにされて、上も下も分からず、ひたすら柊の存在を身体に刻み付けられ続けた。

最後の方はほとんど意識はなかったと思う。

目が覚めた時に、六花は起き上がることすらできなかった。

少しでも動こうとすると全身の筋肉が悲鳴をあげ、歩こうにも膝が笑って力が入らない。本当に歩くことすらままならず、恥ずかしい話だがトイレにも一人では行けなくて、柊に抱いて

いってもらったくらいだった。

当たり前だが早織の世話もままならなかったのだが、その日は柊が一日休みを取って早織の面倒を見てくれていた。

それだけではなく、ベッドから起き上がれない六花の世話もしてくれた。

ご飯を食べさせてくれたり、着替えを手伝ってくれたりと、その甲斐甲斐《かいがい》しさに申し訳ない気持ちになるほどだった。

柊のせいで動けなくなったのだから当たり前だ、と言いたいところだが、彼があんな抱き方をする理由を六花は理解している。

（柊さんは、私がまた逃げ出さないか不安なのよね……）

六花としては、もう彼から逃げる理由もないし、逃げるつもりは全くない。

それどころか、彼の傍にいたい、彼の傍が自分の居場所なのだと、改めて実感しているのだ。

だが番《つがい》に逃げられたという事実は、柊の中にとても大きな傷を作ってしまったのだろう。

いくら逃げないと口で言っても、彼は信じてくれない。

そもそも彼からの信頼を失ったのは自分のせいなのだから、もう一度信じてもらうためには自分が努力しなくてはいけないのだ。

（……言葉で伝わらないなら、態度で示していくしかない……！）

だから六花は、柊がやろうとすることを基本的に受け入れるようにしていた。

もちろん、無理だと思うことには反対するつもりだけど、今のところそれほど無茶なことは言われていない。

仕事に同行しろと言われたことも、早織がいるので少々心配はしたものの、ベビーシッターをつけてくれたり、仕事の現場で六花と早織が安心して過ごせる場所を確保してくれていたりと、柊自身が万全を期して手を尽くしてくれているので問題はない。

(……どちらかというと、柊さんの方が無理をしていないか心配だけど……)

妻子を連れていることでフットワークが重くなるのは当然だろうし、その穴埋めをしなくてはいけないことは想像に難くない。

(私はいなくならないって言っても無駄だよね……。だったら、分かってもらうためには、これが最善策……)

自分たちは、夫婦として、家族として、始まったばかりだ。

少しずつ理解し合っていけばいい。

そう覚悟はしていたつもりだったのだが。

(……でもこれは、やっぱり少し恥ずかしい……)

シャツワンピースの最後のボタンを外し終え、それを脱がなくてはいけない段階になって、六花はチラリと目を上げて柊を見た。

すると彼のチョコレート色の目とバッチリと合ってしまい、にっこりと笑われた。

「六花、手が止まってる」

遠回しに「早く脱げ」と言われ、六花はへにょっと眉を下げる。

『自分で脱いで見せて』

先ほど笑顔でそう言われて、六花はポカンとした。

一瞬何を言われているのか分からなかったのだ。

(自分で脱ぐ？　裸になってみせろってこと……？)

確かにこれからすることの準備と言われればそれまでだが、柊に観察されながらそれをするのを想像すると、恥ずかしくて堪らないのだが。

なんと返せばいいのか分からず狼狽えていると、柊に「嫌かな？」と重ねて言われて、咄嗟《とっさ》に「嫌じゃないです！」と答えてしまったのだ。

「六花？」

少し焦《じ》れたように名前を呼ばれ、六花はおずおずと訊いてみた。

「あの、柊さん、部屋のライトを消しても……？」

このリビングの光源は三箇所、シーリングライトに、テーブルライト、そしてスタンドライトと配置されているが、そのいずれも煌々《こうこう》と点けられている。

こんな明るい所で自ら裸になるのはなかなか勇気がいるから、せめて寝室くらいの暗さにしてほしいと思ったのだが、柊は笑顔でその願いを一蹴《いっしゅう》した。

「だめ。そんなことをしたら、見えないでしょ」

「み、見なくていいです……！」

思わず悲鳴のように言うと、柊はおやおやと言ったように眉を上げた。

「見るためにやってもらってるのに、見なくてどうするの」

「えええ……！」

ハッキリと口に出されて六花は困惑する。

「こ、こんなもの、見てどうするんですか……」

六花はボタンを外したシャツの前身頃《まえみごろ》を掻《か》き合わせて呻いた。

正直に言えば、六花は自分のボディスタイルに自信がない。

父親似のせいか、他の姉妹に比べて骨が太く、全体的な作りが大きい。

その上痩《や》せぎすなので女性らしい嫋《たお》やかさや柔らかさが少ない体型なのだ。

さらに言えば、今は子どもを産んだせいでお腹周りの皮膚が緩んでいる。

子どもを産んだことを後悔は全くしていないが、体型への自信のなさに拍車がかかったのは事実だ。

（うう、柊さんには見られたくないのに……！）

彼には妊娠前の状態を知られているだけに、呆れられてしまいそうで怖かった。

だが柊は「なにを言っているんだか」とため息をつくと、六花の顎を摘まんで顔を上げさせた。

「こんなもの、なんて言わないでほしいな。俺の番《つがい》だ」

「う、は、はい……」

「それに、君の身体だ。見たいに決まってる」

きっぱりと言い切られて、六花はまた顔に血が上ってくるのを感じた。

（うう、何その顔……好き……）

キリッとしたキメ顔にキュンとしてしまう。

だがよく考えれば、そんなキメ顔で言うセリフではない。

「で、でも……私、すごくだらしない身体になってしまったし……」

なおも食い下がろうとすれば、柊はやれやれと肩を上げると、六花の手首を掴んで身体を隠すようにしていた腕を開いてしまった。

「あっ……！」

ボタンの外れたシャツワンピースから、下着姿が垣間見える。

それでは足りなかったのか、柊が無言でシャツワンピースの生地を掴んで引っ張ると、腕から抜き取ってしまった。

「うっ……」

ブラジャーとショーツしか身につけていない身体を明るい場所で晒《さら》されて、羞恥心《しゅうちしん》からぎゅっと目を閉じる。

柊の視線が自分の肌の上を舐めるように滑《すべ》るのを感じて、六花は唇を噛《か》んだ。

恥ずかしいやら情けないやらで泣きたくなる。

この罰のような時間が早く過ぎ去ることを祈っていると、柔らかい感触が額に落ちて、優しい囁きが聞こえた。

「きれいだ」

「……っ」

情感のこもった短い感想には、嘘やお世辞を感じなかった。

いつの間にか止めていた息を吐き出して、六花は瞼《まぶた》を開く。

こっくりとした甘い茶色の瞳が目の前にあって、ひどく切なげに六花を見つめていた。

「……この美しい身体の中で早織を育んでいた姿を、俺も見たかった」

その囁き声には、責める色が全くない。

柊はただ、悲しんでいた。そして、苦しんでいた。

手の中にあったはずの幸福が、知らぬ間に無かったことにされていた悲しみを、昇華できずに苦しんでいるのだ。

「言い訳も償いも本人から」と言ったわりに、柊は六花にひどいことをしたりしない。

それどころか、過ごしやすい家を与え、傍に置き、甲斐甲斐しく世話をしてくれる。

包み込むように大切に、大切にされているのが、日々の言動で伝わってくるから、彼が六花を責めていないことは、すぐに分かった。

六花は込み上げる涙を、グッとお腹に力を込めて堪える。

(泣くな、私……！　私が泣くのは、お門違いなんだから……！)

意思の力で涙を呑み込むと、六花は腕を開いて柊を抱き締めた。

「……ごめんなさい、柊さん」

ただ謝ることしかできない自分が、情けなくて悔しい。

だが過去を悔やんでいても、現実は変わらない。

今を変えるため――自分の番《つがい》を幸福にするために、考え、動かなくてはならないのだ。

「……謝らなくていい。俺が欲しいのは、謝罪じゃなくて、償いだから」

言いながら、柊は六花の背中に手を回しブラジャーのホックを外した。

拘束から一気に解き放たれ、乳房がふるりと揺れる。

その柔らかい肉の上でもたつくブラジャーを片手で剥《は》ぐように脱がせると、柊は六花の腰を抱き寄せて自分の膝の上に乗せた。

向かい合って座る体勢になり、六花はカッと頬を赤らめる。

脚の間に硬い物が当たったからだ。スラックスの中で、柊のものがすでに熱を持っているのが分かって、お腹の奥がずくんと疼《うず》いた。

六花が何を思っているのか察したのか、柊がクスクスと喉を鳴らす。

「勃《た》ってるのが分かる？」

直接的な表現で言われて、六花は視線を泳がせそうになったが、観念して頷いた。

すると柊は困ったように目を細め、六花の頬に手を添えて優しく撫《な》でる。

「……子どもまで産んだくせに、六花っていつまで経ってもずっと初心《うぶ》だよね」

「……ご、ごめ……」

どういう反応をしていいのか分からずつい謝ろうとすると、柊はクッと唇を歪《ゆが》めて笑った。

「謝らなくていいよ。それ、めちゃくちゃ唆《そそ》るから」

「そ、そ……」

これまた反応に困ることを言われて、六花はしどろもどろになる。

狼狽える姿が面白いのか、柊は涼やかな目元に少し意地悪な色を浮かべた。

「唆《そそ》るよ。母親なのに初心で、すごくエロい身体をしてるのに触れられるのに慣れてないとか……本当にアンバランスで、めちゃくちゃにしたくなる……」

うっとりとした口調で囁きながら、六花の胸を両手で揉《も》みしだいた。

大きな骨ばった手の中で、自分の白い肉がグニグニとパン生地のように形を変える様を見て、六花は奇妙な焦燥感に駆られる。

恥ずかしいような、嬉しいような、言いようのない心地だ。

「……？」

胸を揉んでいた柊が、不意にその手を止めて胸の先を凝視する。

「……なんか、乳首から垂れてきた。これ、母乳？」

「っ、あっ、ご、ごめ……！」

歯が生えてきて、だいぶ離乳食の進んだ早織だが、眠る時やぐずった時などにまだ授乳をしているので、卒乳はしていない。

なので、完全母乳だった時ほどではないが、六花の胸はまだ母乳を作ってしまうのだ。

母乳を柊に見られるのがなぜか猛烈に恥ずかしく、六花は泡を食って胸を隠そうとしたが、その手を彼に止められた。

そして何を思ったのか、柊は母乳の滲《にじ》む乳首をパクリと口に咥《くわ》えてしまう。

「あ……！」

びっくりして息を呑んでいると、柊はすぐに唇を離して首を傾《かし》げた。

「甘くない」

「……ぼ、にゅうは、甘くないの……」

「へえ、そうなんだ。甘いと思ってた」

意外と知られていないが、母乳は甘くない……というより、わずかに塩味があるだけの薄い味だ。

もちろん個人差はあるらしいが、母乳の原料が血液であることを鑑《かんが》みれば当然かもしれない。

出産前の母親教室で習っていたが、六花も自分の母乳を舐めてみて驚いたものだ。

「……ふふ、私もそう思ってた」

裸で睦《むつ》み合っているのに、こんな会話をしているのがなんだか無性におかしくて、六花はクスクスと笑ってしまった。

柊は六花の笑顔を見て目を細めると、鼻を擦り合わせるようにしてキスをしてくる。

舌を擦り合わせ上顎を舐められると、細かい電流のような快感が背中を走り下りた。

彼の舌は熱くて激しくて、まるで一匹の獰猛《どうもう》な生き物みたいだ。

その獰猛な生き物に口内を蹂躙《じゅうりん》されると、頭の中がぼうっとするくらい気持ちが好《よ》かった。

（キスって……気持ちがいいものなのね……）

何度も角度を変えて唇を合わせられ、その快感に六花の身体がどんどんと熱を帯びていく。

それを見計らってか、柊の手が柔らかな内腿をゆったりと撫でた。大きな手のひらは乾いていて熱く、その感触だけで六花は腰が震えそうになる。

（ああ……どうしよう、気持ちいい……！）

柊に触れる場所、全てが気持ち好かった。

まるで自分の身体の細胞ひとつひとつが、彼の愛撫《あいぶ》を歓待しているかのようだ。

柊の指がクロッチの部分に辿《たど》り着き、その脇から内側へと潜《もぐ》り込む。

ふ、と吐息《といき》で彼が笑った。

「もうぐしょぐしょだ」

キスの合間に意地悪く囁かれて、六花は涙目で彼を睨《にら》んだ。

そこがもう濡《ぬ》れているのは、自分でも分かっていた。

だが愛する番《つがい》に愛撫されれば、身体は番《つがい》を受け止める準備を始めてしまうのだ。

自然な反応なのだから仕方ない。

揶揄《からか》うな、と怒っているのに、柊は嬉しそうに目を三日月のようにして再び唇を塞《ふさ》いでくる。

「んっ……ふぅっ……！」

キスをされたまま、泥濘《ぬかるみ》の中に指を挿し入れられた。

ゴツゴツとした指の関節が分かるくらい奥へ挿《い》れられて、その感触に膣内《ナカ》がぎゅうっと蠕動《ぜんどう》する。彼の身体が自分の胎《はら》の中に入ったのを悦《よろこ》んでいるのだ。

まるで主人に撫でられて悦ぶ犬のようだ。

柊の指は絡みついてくる蜜襞をあやすように掻き回した後、蜜筒の腹側をぎゅうっと押してくる。それと同時にもう片方の手の親指で、ショーツの脇から見える花芯を弄《いじ》り始めた。

「んっ！　んぅっ、んんっ！」

強烈な快感に、六花の腰が跳ね上がる。だが柊は逃げようとする妻の柳腰《やなぎごし》を片膝を立てて押さえると、膣内《ナカ》と陰核を執拗《しつよう》に捏《こ》ね回した。

蜂蜜のように濃厚で甘い快楽が、どろりと脳内を溶かしていく。

抵抗できないほど甘美な快感に、いつの間にか六花は自ら柊の首に腕を回して抱きついていた。

自分の身体を夫の身体に密着させると、彼の匂いが立ち上がってきてうっとりと目を閉じる。

柊の匂いが好きだ。

ハーブとバニラと木の匂い――彼のプロデュースした香水と、彼自身の肌の匂いだ。

それをもっと嗅ぎたくて、さらに身体を密着させた。

厚い胸に乳房が押し潰され、彼の着ているシャツに乳首が擦れる刺激に、下腹部がじんじんと痛いほどに疼く。

欲望の熱に理性が溶かされていくのを感じながら、夢中で柊の舌に自らの舌を絡ませていると、彼が喉の奥でクツクツと笑うのが分かった。

「欲しい？　六花」

低く艶《あで》やかな声で訊ねられ、六花はとろりと瞼を開いた。

愛する番《つがい》の茶色の瞳が、甘く淫靡《いんび》に自分を誘っている。

「俺が欲しい？」

もう一度訊かれ、六花はこくりと頷いた。

柊が欲しい。熱く疼いて堪らない自分を、彼で埋めてほしかった。

素直に首肯する六花に、柊が満足げに微笑んだ。

「だよね。俺ももう、君の膣内《ナカ》に突っ込みたくて、はち切れそう」

言いながら、柊が身動ぎをしてスラックスの前を寛《くつろ》げる。すると跳ねるように彼の昂《たかぶ》りがまろび出て、六花の女陰に触れた。

完全に勃《た》ち上がって天を突き、雄々《おお》しい肉茎に太い血管が浮いたその姿は、グロテスクなはずなのに、どうしてか六花の胸を高鳴らせる。

硬く逞しい雄《おす》の猛《たけ》りに、腹の奥からどろりとした蜜が溢《あふ》れ出すのを感じた。

「柊……」

哀願する声に、柊がうっそりと微笑んで、六花のショーツを指で脇に寄せた。

溢れ出した愛蜜でぐっしょりと濡れた布の感触に眉が寄ったが、それ以上に期待の方が大きくて、六花は自ら腰を上げた。

待ち切れないといった様子に、柊がまたクツクツと笑う。

「そう焦《あせ》らないで……すぐにあげるから」

優しく甘く囁いて、六花の腰を抱いて自分の熱杭へと導いた。

ぬる、とエラの張った先端が濡れそぼった割れ目を撫でる。熱く張り詰めた粘膜の感触に、ごくりと喉が鳴った。

あの逞しいもので最奥を貫かれ、ぐちゃぐちゃに掻き回され、最奥に浴びせかけられた先日の記憶を、身体が覚えている。

脳が焼け焦《こ》げるような愉悦を思い出して、まだ受け入れていない隘路《あいろ》が、物欲しそうにひくひくと戦慄《わなな》いた。

（はやく……はやく、はやく……！）

祈るようにしてその瞬間を待っていると、下から一気に串刺しにされた。

ズン、と恐ろしいほどの質量が胎の中に叩き込まれ、目の前に青白い火花が散った。

「――ッ、はぁッ！」

待ち侘《わ》びていた雄を突き入れられた衝撃に、六花は身を弓形《ゆみなり》にして喘《あえ》ぐ。

頭の中が、快感で真っ白になっていた。

蜜路が痙攣《けいれん》したようにぎゅうぎゅうと収斂《しゅうれん》していて、下腹部が痛いほどだ。

挿入されただけで達してしまったのだと、脳のどこか裏側で思ったが、絶頂の最中ではそれもどうでもいいことだった。

（気持ち好い、気持ち好い、気持ち好い――――）

愉悦に思考が支配される。

このまま意識を飛ばしてしまいたいのに、柊が深い息を吐き出しながらもう一度腰を突き上げたせいで、また強い快感で現実に引き戻された。

「――ッ、はぁ、すごい締め付けだな。一瞬持っていかれそうになった」

柊は低い声で呻きながら、六花の腰を掴んで猛然と抽送を始める。

彼の膝の上でリズミカルにボールのように身体を跳ねさせられるたび、凶暴なまでの質量の熱杭に子宮の入り口を突かれた。

座って抱き合うこの体勢では、自分の体重でより深く彼のものを呑み込んでしまうのだ。

「あっ、んっ、う、ぁああ、やぁ、これっ、深い……！」

ゴツゴツとした雁首に膣内《ナカ》を擦られ、怖いほどの快感がビリビリと六花の内側に響いた。怖いはずなのに、媚肉は雄杭に嬉々として絡みついているのが分かる。

「嫌じゃないでしょ。こんなに締め付けてくるくせに。ほら、もっと感じて」

優しげな物言いなのに、柊の目つきは肉食獣そのものだ。そのギラギラとした眼差しに、また六花の胎の奥がじんと疼く。

「しゅ、柊さん、好き……すきぃっ……」

助けを求めるようにキスを強請《ねだ》ると、柊は苦笑した後望みを叶えてくれた。

彼の舌が美味《おい》しくて、気持ち好くて、六花は夢中で舌を絡ませる。

自分の胎に彼の猛りが嵌《は》まっていることが、嬉しかった。彼が自分の中にいることが、どうしようもなく完璧で、幸福だと思えた。

（……ああ、一分《いちぶ》の隙もなく密着し、接合部から溶け合って、あなたと一つになってしまいたい……）

そんな不可思議なことを考えながら、六花はいつの間にか自分から腰を振っていた。

「ぁあっ、気持ち、好いよぉっ、柊さぁんっ」

密着した彼の胸で自分の乳首を擦ると気持ちが好くて、腰を上下するたびにそれをしていると、柊が低い声で笑った。

「快楽でトンじゃうとドエロいとか、本当にヤバいなぁ、六花は！」

言いながら、右の乳首を強く抓《つね》られる。

「ひぁあっ！」

胸の先から強い快感が走り、六花は悲鳴をあげて身を仰《の》け反《ぞ》らせた。

図らずも柊に胸を突き出す形になって、彼がもう片方の乳首にむしゃぶりつく。

すでに硬くしこった赤い尖りを吸い上げながら、再び猛然と腰を突き上げられた。

荒々しく蜜壺を掻き回され、一番奥を何度も何度も激しく叩かれるうちに、またあの白い愉悦で脳の中が満たされていく。

「はぁ、ああっ、しゅう、柊ッ……きちゃう、また、きちゃう……！」

「いいよ、六花、俺も……っ」

愛しい番《つがい》の切羽詰まった声を聞きながら、六花は身体をガクガクと震わせながら絶頂へと飛んだ。

その瞬間、自分の蜜路がより一層収斂し、呑み込んだ肉棒を食い締める。

「――クッ」

柊が息を呑む音と共に、六花の胎の中で彼が爆《は》ぜた。

最奥にドク、ドク、と熱い子種が吐き出されるのを感じながら、六花はゆっくりと目を閉じたのだった。

第五章　一触即発

柊《しゅう》の実家を訪れたのは、入籍から二ヶ月ほどが経過した頃だった。

本当はもう少し早く行くはずだったのだが、ちょうど早織《さおり》の予防接種の予定と重なってしまい、叶《かな》わなかったのだ。

『子どもがこんなにたくさんの予防接種を受けないといけないなんて、知らなかったよ。ほぼ毎月注射を受けてるじゃないか……！』

早織の母子手帳を確認しながら、柊が愕然《がくぜん》としていた。

確かに、赤ちゃんの予防接種は種類が多く、二度三度と打たなければいけないものもあって、六花《りっか》親子も毎月小児科に通っている。

綿密に計算しなくては摂取時機を逸《いっ》してしまうので、子どもの体調管理も含めて大変なのだが、これは子育てをしていなければ知らないことかもしれない。

『さぁちゃんはこんなに小さいのに、こんなにたくさんの注射を受けて、偉すぎるだろう……！』

妙なことに感動して早織を抱き締める柊に、なかなかの親バカだなと六花は思ったが、おそらく人のことを言える立場ではない。

『あー、はぁい！　ぱぁーぱ！』

抱き締められている早織は、遊んでもらえていると思っているのか、柊の顔をペチペチと叩《たた》いて楽しそうだった。なによりである。

そんなこんなでようやく金沢《かなざわ》へ行くことになったのだが、早織にとっては初めての遠出だ。

新幹線でぐずらないか心配だったのだが、電車の振動が眠りを誘ったのか、乗ってすぐにウトウトとしはじめ、そのままぐっすりと眠ってくれた。

実に良い子である。

金沢駅に降りた時の景色に、六花の胸に懐かしさが込み上げた。

最後にここを訪れたのは二年前だ。

（柊さんと出会った時が最後だったものね……）

金沢には妹の咲良《さくら》が住んでいるので、彼女を訪ねてしょっちゅう遊びに来ていた。

（咲良ちゃんが、よくここまで迎えに来てくれたなぁ）

彼女の工房は駅から離れた場所にあるので、よく駅まで車で迎えに来てくれた。

その咲良にも、実家を勘当されてからはあまり会っていない。

結婚して家を出た羽衣《うい》と違って、未婚の咲良は母の意向に表立って逆らうことはできない。

一族から放逐された六花と堂々と会っているのは、少々まずいのである。

だから羽衣以外のきょうだいたちと会う時は、羽衣を通して会うことにしている。

(早織が生まれた時には、咲良ちゃんが真っ先に会いに来てくれたんだよね)

他のきょうだいたちは外国にいるのですぐに来られるわけがないのだが、それでも早織が生まれて一ヶ月以内には、全員が姪っ子の顔を見に来てくれた。

(本当は、パパとママにも会ってほしいけど……)

それは叶わぬ夢でしかない。

寂しさを呑《の》み込んで、六花は腕の中で眠る我が子をヨイショと抱き直した。

子どもは眠ると体重が倍増する気がするのは気のせいだろうか。

「生まれた時はあんなに小さかったのに、大きくなったよねぇ、さぁちゃん」

やれやれとため息をついていると、長い腕が横から伸びてきて、早織の小さな身体をひょいと抱き上げた。

「代わるよ」

「柊さん」

それはもちろん夫の柊で、驚く六花にニコリと微笑《ほほえ》むと、「行くよ」と言って歩き出す。

その腕には早織の他に、大きな旅行バッグがぶら下がっている。

早織の着替えやオムツなどの必需品だ。

夫婦の荷物は先に宿泊先に送ってあるが、子どもの物はすぐに必要になる可能性があるので送れないのだ。

「柊さん、じゃあ、私がバッグを持ちます……！」

子どもとバッグ両方では大変だと思って言ったのだが、柊は肩を竦《すく》めた。

「早織もバッグも大した重さじゃない。すぐにタクシーに乗るし、大丈夫だよ」

優しく言われ、「ほら、六花もおいで」と促される。

彼の隣に居場所があると示されているようで、六花の胸が幸福で膨《ふく》らんだ。

（……ああ、幸せだなぁ）

こんなに幸せで良いのだろうか。

彼にはひどいことをしでかしたくせに、傍《そば》にいることを許されただけでなく、こんなに大事にしてもらえるなんて、自分に都合が良すぎるのではないか。

そんなことを考えながら、六花は愛しい夫の傍に駆け寄った。

柊の実家の一ノ瀬《いちのせ》家は、まるで武家屋敷のようなお屋敷だった。

周囲をぐるりと塀で囲み、立派な門が付いている。いわゆる日本家屋というやつだ。

「り、立派なお屋敷ですね……！」

圧倒されて呟《つぶや》いた六花に、柊は不思議そうに首を傾《かし》げた。

「君ん所の実家の方が立派なんじゃない？」

そう言われると、確かに小清水《こしみず》の家の敷地の方が広そうではある。もしかしたら建物の大きさも大きいかもしれない。

「……あ～、ええと、まあ、実家も大きくはあるんですけど、二十年ほど前に古い建物を壊して、新しく建て直したんです。古い家屋は住みにくいって母が言って……」

母は祖母が亡くなって代替わりした途端、小清水家のあらゆるものを変えたがったらしく、家もその一環だった。

今の実家は、母の趣味でプール付きの非常にモダンな豪邸となっている。

まるでハリウッドスターの住んでいる家のようだ。

「なので、こんな歴史的建築様式はしていないんです」

「いや歴史的建築様式って……そんな大したものではないからね。ただ古いだけで……」

「そうなんですか？　でもあの屋根とか、お城みたいです」

「お城……いや君が指してるの、家じゃなくて蔵だからね」

柊がプッと噴《ふ》き出しながら指摘してきたが、敷地内に蔵がある方がすごいと思うのだが。

そう言うと、柊は「あー」と間延びした相槌《あいづち》を打った。

「うち、造り酒屋だしね。うちの敷地内に酒蔵があった時代もあるみたいだから、その名残なのかもしれない」

「えっ！　あの建物の中でお酒の醸造を……!?」

「いや今はさすがにしてないって。別の場所に工場があるんだよ。……ほら、いいから入るよ」

柊はクスクスと笑いながら門の前でのやり取りを切り上げると、『一ノ瀬』と達筆で書かれた表札の横にあるドアフォンを押した。

『はい』

スピーカーから聞こえるのは、落ち着いた男性の声だった。

「親父、俺」

『柊か。今開ける』

端的なやり取りが、気の置けない関係性を表していて、六花はドキドキとしてくる。

（今の、お父様だったのね……）

いよいよ柊の家族に会うとなって、急に緊張感が高まってきた。

（柊さんのご家族にとって、私の印象は最悪だろうから……）

なにしろ、息子と『番契約《つがい》』をしたくせに逃げ出した上に、内緒で息子の子どもまで産んでいたのだ。

こちらのご両親にしてみれば、実の孫と一年間も切り離されていたわけである。

そのことに関しても、ちゃんとこちらのご両親に謝らなくてはならないと思ったから、挨拶《あいさつ》をしたいと申し出たのだ。

（ああ、ドキドキする……。門前払いとかされたらどうしよう……。いや、もしそうだとしても、認めてもらうまで誠心誠意謝るのよ……！）

心の中で最悪のパターンをシミュレートしながら待っていると、カチャンと門から鍵の開いた音がした。

（……あっ、見た目は古風だけど、セキュリティは最新なのね……）

どうやら門前払いはなさそうだ。

「ほら、行くよ」

あっさりと門を開けた柊に促され、六花はお屋敷の敷地の中に足を踏み入れた。

「わぁ……！」

門を潜《くぐ》った途端広がった景色に、六花は歓声をあげた。

そこには整然とした日本庭園が広がっていた。

小さな池を中心に、ふっくらと柔らかそうな苔《こけ》が生《む》した岩や、白石の雪見燈籠《とうろう》などが配され、椿《つばき》や躑躅《つつじ》の他、紅葉《もみじ》や桜《さくら》などの四季折々の木々が植えられている。細部まで美しく整えられていて、日々手入れされているのが分かる庭だった。

専属の庭師がいるのかもしれない。

その美しい庭を脇に、門から十数メートル先にある家屋まで、白い玉砂利が敷かれた道が続いていた。人が歩く場所には平らな飛び石が置かれていて、歩きやすくなっている。

「すごい……旅館みたいですね……」

「いや古いだけだよ。六花のお母さんじゃないけど、古い造りの家は住みにくいから、実用的じゃないしね。この砂利とか飛び石も、ベビーカーが通れないからそのうちなんとかしないとなぁ」

感嘆する六花とは裏腹に、柊はぼやくように言った。

彼の思考がすっかり子ども中心になっていて、六花は思わず微笑《ほほえ》みが漏《も》れる。

「ぱっぱぁ……」

タイミング良く目を覚ました早織が、顔を手で擦りながら可愛《かわい》い声をあげた。

「お、起きたね。おはよう、さぁちゃん。ほら、じいじとばあばに会いに行くよ」

「んーまーぅ」

寝起きの早織はまだ眠いのか、柊の胸に顔をつけてイヤイヤというように小さな頭を振っている。その頭を大きな手でヨシヨシと撫《な》でる柊は、もうしっかりと父親の表情だ。

やがて建物の玄関に辿《たど》り着いた時、開こうとした戸が向こう側から勢いよく開かれて、壮年の男性が飛び出してきた。

「おおーっ！　早織ちゃん、いらっしゃーい！　お爺《じい》ちゃんだよー！」

知らない男性の満面の笑顔と大きな声に、早織がビクッと身体を揺らした。

（あっ、まずい……）

六花がヒヤッとした瞬間、早織のつんざくようなギャン泣きの声が響いたのだった。


「まったく、いきなり大きな声を出せば、子どもがびっくりするのは当たり前でしょう？　初対面で怯《おび》えさせてどうするの」

玄関で早織をギャン泣きさせた夫を叱《しか》りつけるのは、柊の母親の雪路《ゆきじ》だ。自分の母親よりも、年齢は少し上だろうか。小柄で優しそうな雰囲気《ふんいき》の女性で、柊にはあまり似ていないが、どこか親近感を覚える柔和な顔立ちだ。

「ごめんなさいねぇ、この人、初孫だって浮かれちゃって……。悪気はないんだけど、いつも愛情が暴走しちゃうタイプで。ほら、お父さんも謝って！」

「ごめんなさい……」

小柄な妻に「メッ」と言われ、しおしおと長躯《ちょうく》を曲げて謝るのは、柊の父親の槙人《まきと》である。こちらは誰が見ても柊の父親だと分かるほど、彼にそっくりだった。整った目鼻立ちに、チョコレートブラウンの瞳まで同じだ。

柊にしっとりとした雰囲気を付け加えたかのような姿に、六花は目が釘付《くぎづ》けになってしまった。

（柊さんが歳をとったらこんな感じになるのかな……）

イケメンは歳をとってもイケメンになるんだなぁ、としみじみ感じながら、六花はフルフルと首を横に振った。

「いえ、とんでもないです。早織も、ちょっとびっくりしただけだと思うので……」

「いや、親父はしっかり反省しろ。さぁちゃんを怖がらせて、本当に悪いじじいだねぇ」

六花が一生懸命フォローしようとしているのに、横から早織を膝に乗せた柊が茶々を入れる。

ますますしゅんとする義父に、六花は慌てて「そんなことないです！」と否定しつつ、柊を睨《にら》んだ。

「もう、柊さん！」

「いいんだよ。どうせそんなに反省してないんだから」

肩を竦《すく》める柊に、雪路も「まあ、そうなのよね」と困ったような表情で同意している。

槙人といえば、妻と息子にディスられているのに「はははバレたか」とあっけらかんと笑っていて、なんとも明るい一家である。

「六花もそんなに気を遣わなくていいよ。うちはこんな感じだから」

「そうよ、どうぞ楽にしてね。ああ、どうぞお菓子を召し上がれ。早織ちゃん、練り切りは食べられるかしら？　一応、小麦と卵と牛乳は使ってないって確認してきたのだけど……」

行き届いた気遣いに感激しながら、六花は微笑んで頷《うなず》いた。

「大丈夫です。ありがとうございます」

「はぁい！　あーい！」

自分の名前が出たことに気づいたのか、柊の膝の上で、早織が大きな声をあげて返事のようなものをした。

ギャン泣きの後、柊にあやされてなんとか泣きやんだ早織は、お気に入りのクマさんのぬいぐるみを抱いてご機嫌である。このクマさんは、早織が生まれた時に咲良がくれたもので、こんなふうに泣き出した時や眠る時に欠かせない必須アイテムなのである。

「あらぁ！　もうお返事ができるのね！　天才かしら？」

「天才だねぇ、可愛いねぇ、さぁちゃん〜！」

孫の愛らしさにすっかりメロメロになっている祖父母だったが、その様子を見てまた六花の胸に罪悪感が込み上げる。

（こんなに早織を可愛がってくれる人たちから、私は孫を奪っていたんだ……）

やはりちゃんと謝っておかなくてはいけないという思いに駆られ、六花は姿勢を正して義両親に向けて頭を下げた。

「あの、ご挨拶がこんなに遅くなってしまったこと、そして早織を隠していたこと、本当に申し訳ございませんでした……！」

唐突だったせいか、一瞬その場がシンと静まり返る。

するとその沈黙が気に入らなかったのか、早織が「あーい！」と文句を言うように可愛い声をあげたので、プッと噴《ふ》き出す声が聞こえてきた。

「顔を上げてください、六花さん」

槙人に言われておそるおそる頭を上げると、義両親の困ったような微笑みが並んでいた。

「私たちに謝る必要なんてないんですよ。あなたたちのことは、あなたたちが決めることでしかない。私たちは……いや、私たち一族は、と言うべきか。我が一ノ瀬家は、子どもの結婚に関して口を挟むことは一切しないんです」

「……ええと」

一ノ瀬家は、とわざわざ言い換えられたことに目を瞬《またた》いていると、槙人が苦笑する。

「うちが特殊だという話は？」

「柊さんから、一応は聞いていますが……」

一家揃《そろ》って恋愛体質で、その配偶者を溺愛《できあい》しているのだと言っていた気がする。

だが夫婦仲が良い家は珍しくないし、なんなら六花の両親も、姉夫婦もそうである。

（うちの場合はどっちも『運命の番《つがい》』カップルだから、特別なのだろうけど……）

伝説や伝承の類《たぐい》だと言われている『運命の番《つがい》』が身近にこんなに出現したところを鑑みても、実家以上に特殊な家はないと思っているので、柊の話もあまり気に留めていなかった。

すると槙人は「そうか」と微笑んだ後、隣に座る妻の顔を愛しげに見て言った。

「一ノ瀬家には言い伝えが残っていてね。とある女神に仕えた夫婦の狼《おおかみ》がいて、彼らは女神を守って死んだのだが、その死を悼《いた》んだ女神が彼らを人の子に変えて蘇《よみがえ》らせた。これが一ノ瀬家の始祖である――というお伽話《とぎばなし》のようなものなんだが……。これを信じて語るのは少々おかしいかな？」

少し照れくさそうに語る槙人に、六花は首を横に振る。

「いいえ、そんなことはありません。伝承というもののは、真実や実際にあった出来事が描かれているものと言いますし……」

古事記《こじき》や日本書紀《にほんしょき》といった『歴史書』と呼ばれるものであっても、中身は神話や言い伝えの類が多いと聞いたことがある。

「それに、そういう家に伝わる昔話のようなものは、私の実家にもたくさんあるんです。子どもの頃、祖母や母によく聞かされていたので、私には馴染《なじ》みがあるものですから……」

六花が言うと、槙人と雪路は顔を見合わせた。

「そうか、君のご実家はあの小清水さんだったなぁ。なら、伝承の類も多いだろう」

六花の実家のことをも、柊からすでに聞いていていたらしい。

槙人の口から「小清水」の名前が出て少しドキッとしてしまう。

「小清水」と聞いただけで、縁続きになることを熱望する人たちもいれば、反対に忌避《きひ》する人たちもいることを、六花は知っている。

だが彼らがそのどちらでもないようで、ホッと胸を撫で下ろした。

「そうですね……数えたことはないいんですが、十くらいは聞いたことがあったかもしれません」

「そりゃすごいなぁ。……まあ、そういう伝説があるからというわけではないが、この一ノ瀬家の人間は、狼のように伴侶に執着心を抱くんだ。伴侶はただ一人、その唯一無二に拒まれれば生涯独身を通すし、先立たれれば後を追うか、衰弱死した者もいたかな……」

話を聞いていれば、ずいぶんとロマンティックだ。

一生涯をかけてたった一人を愛してくれる人なんて、まるで恋愛小説の主人公のようではないか。

(……というより、それってまるで『運命の番《つがい》』みたいよね。それとは違うのかしら……)

アルファやオメガといった第二の性別への言及がなかったところを見ると、やはり別物なのだろう。

「一途《いちず》なんですね……」

六花が思わず口にした感想に、苦笑したのは槙人ではなく雪路だった。

「一途と言えば聞こえが良いけれど、実際はもっと面倒くさいのよ」

「面倒くさいって言わないで……傷つくから！」

妻からの塩対応に、槙人がしょっぱい顔になってフルフルと首を横に振る。

だが雪路は呆《あき》れたように肩を竦め、ため息をつきながら続けた。

「嫉妬深くて構われたがり、どこへ行くのにもついて来たがるし……まるで本当に、大きな狼に懐かれてしまったみたいな感じなんだから」

「ねえ、雪路さん、僕のこと好きだよね？　嫌いじゃないでしょ？　ねえ、好きだよね？」

「はいはい、好きです好きです。だから黙っててくださる？」

「妻が冷たい！　ひどい！」

まるで夫婦漫才のような掛け合いに、六花が笑っていいのか分からず戸惑っていると、横から柊がうんざりしたように口を開く。

「もううるさいよ。親のイチャイチャを見せられる子どもの気持ちを考えてくれる？」

「息子まで塩対応！」

槙人の悲痛な叫《さけ》びにも、柊は動じた様子はない。

「うるさい」と父を冷たく一蹴《いっしゅう》した後、六花に向き直ってにっこりと笑った。

「まあ、こんな感じだから、うち。恋愛至上主義で、子どもがどんな結婚相手連れてきても文句言わないんだよ」

「言ったって無駄だものね」

「まあそういうこと」

母親からのツッコミを軽くいなし、柊は六花の左手を取って、そこにチュッとキスをした。

キスをされたのは、先日もらったばかりの結婚指輪が嵌《は》まっている薬指の上だ。

「しゅ、柊さん……！」

さすがにご両親の前でそんなことをするのは、と六花は顔を赤くしたが、当の義両親は気にした様子のない平然とした表情だ。

(も、もしかしたら、一ノ瀬家にとってこの程度のイチャイチャは通常運転……？)

だとすれば、確かに「特殊」な一族なのかもしれない。

「言ったでしょう？　覚悟してって。俺に捕まってしまった以上、逃げられないから。よく覚えておいてね、六花」

＊＊＊

金沢での滞在は、柊の実家ですることになっていた。

「田舎の家だからね、布団と部屋だけは山ほどあるんだよ」

と槙人が嬉《うれ》しそうに言いながら用意してくれた部屋は、まるで老舗《しにせ》旅館のような素晴らしい客間だった。

「わぁ……すごい、広いし、お庭が見える……」

窓から見える景色を眺《なが》めていると、荷物を運び入れてくれた柊が「さて、行くよ」と声をかけてきた。

「え？　行くって、どこへ？」

今日は朝から新幹線に乗ったり、念願だった義両親への挨拶を済ませたりと、イベントが目白押しだった。

ようやく落ち着けるのかとホッとしていたところだったので驚いてしまったが、柊はテキパキと荷物の中から必要な物を取り出して準備をしている。

「フィカスに行くよ。今日はＯＲＡの人と打ち合わせ」

「フィカス？　オーラって？」

「フィカスは駅にあるファッションビルだよ。ＯＲＡはその運営会社。来月、フィカスの一階にＬｙｒａが入ることになったから」

「ああ、あのオシャレで大きいビル！」

すぐに思い至って、六花は大きく頷いた。駅と直結していて、ファッションや雑貨だけでなく、地元の美味しい食べ物のお店や映画館も入っている複合商業施設だ。

六花も咲良との待ち合わせ場所としてよく使っていた。

「あそこに出店するの？　すごい！」

「あそこは駅に直結してるだけあって、お土産になりそうな物を作ってる地元のブランドを優先して入れてるみたいでね。うちも金沢発のフレグランスブランドってことで、入れてもらうことになったんだ。……まあ、本店はパリにあるんだけど」

それは金沢発なのか？　と思ったものの、そこは日本語の妙ということでいいのだろう。

「でもすごい！　あそこすごくオシャレだから、きっとフレグランスが映えますよ！」

Ｌｙｒａのフレグランスは、金沢のガラス工芸作家がデザインしたボトルを使っていて、香りだけでなく見た目の芸術性が非常に高い。夜空をイメージしたという店の内装も美しかったから、きっとあのファッションビルの中でも目を引くお店になるだろう。

「そうだね。場所もわりといい所に入る予定なんだよ。……で、金沢限定のミニボトルのセットを販売してはどうかって提案されて、その打ち合わせなんだ」

仕事のことを語る時の柊はとても楽しそうだ。

そのいきいきとした表情に、自分も嬉しくなりながら六花は頷いた。

「分かりました。準備しますね！」

結婚してからというもの、六花は柊に求められるがままに彼の仕事に同行している。

彼が仕事をしている間、手持ち無沙汰かといえばそうでもない。柊は六花を蚊帳《かや》の外に置くようなことはせず、何をしているのか仕事内容を教えてくれる上に、意見を求めたりもしてくるので、仕事に参加させてもらっているようでとても楽しいのだ。

柊も六花が仕事に興味を示しているのが分かったのか、「早織がもう少し大きくなったら、うちの仕事を少しずつ覚えてもらおうかな」と言ってくれた。

それが六花には、ものすごく嬉しかった。

柊は彼の傍にいることが、六花にできる償いだと言うけれど、それだけでいいとは思えなかった。それではまるで彼に連れられたお人形でしかない。

いい歳をして子どもまでいるというのに、役立たずのお人形でいるのはあまりにも情けない。

だが、仕事をさせてくれるなら話は別だ。彼の傍にいることができて、彼の役に立てる方がやり甲斐《がい》があるというものだ。

「……あ、でも、さぁちゃんはどうしよう……。連れて行っても大丈夫ですかね？」

六花が柊の仕事に同行する時は、早織にはベビーシッターをつけていた。

だが今回はベビーシッターの都合がつかず、一緒に来ていないのだ。

「ああ、母さんが預かってくれるよ。六花が嫌じゃなければだけど」

「えっ、そんな、嫌なんてことあるわけないですけど……、さぁちゃん、大丈夫ですかね？」

孫とはいえ、まだ会って数時間しか経過していない一歳児を、ホイホイと預かってくれるものだろうか。一歳児の世話は本当に大変なのだ。

六花の心配をよそに、柊はあっさり頷いた。

「大丈夫じゃない？　さぁちゃん、母さんに抱っこされて大はしゃぎだったし」

確かに、最初のサプライズ（？）でギャン泣きはしたものの、基本的に人見知りをしない早織は、あっという間に祖父母に懐いてしまった。

だが心配なのはそこではない。

「あの、大丈夫かどうかは、早織ではなく、お義父《とう》さんとお義母《かあ》さんの方で……」

「ああ、それも大丈夫。さっき念のため母さんに預かってもらえるかどうか訊《き》いてみたら、逆に『お預かりしてもよろしいのでしょうか⁉』って嬉々として言われたから」

「そ、そう……」

「あれは初孫フィーバーってやつだろうね」

なるほど、ならば大丈夫だろうか、と安堵《あんど》していると、柊がおもむろに六花の額にキスをしてきた。

「しゅ、柊さん……？」

驚いて目を上げると、蕩《とろ》けそうな甘い笑みを浮かべた夫の端正な顔がある。

「待ち合わせは十五時なんだ」

「あ、だったらまだ時間がありますね」

スマホを確認するとまだ十二時前で、六花は自分で言いながら驚いた。

早織がぐずった時に他の乗客に迷惑をかけてしまうことを想定し、なるべく人の少ない早い時間帯の新幹線に乗ったため、今日は午前中が長く感じる。

「あと三時間もあるなら、もう少しゆっくりして……」

言いかけると、柊の指がそっと唇を押さえてきた。

「……？」

どうしたのだ、と首を傾《かし》げると、柊はにっこりと笑った。

「まだ少し時間があるから、デートしようか」

「デート、ですか？」

「うん。って言っても……あと二時間程度か？　そんなに長くは楽しめないけど」

柊は腕時計を確認しながら言うと、「ほら、行くよ」と六花の腕を引いたのだった。

＊＊＊

柊に連れて来られたのは、兼六園《けんろくえん》の近くにある美術館だった。

個人収集家の寄贈によって開館した美術館らしく、茶道美術の名品や加賀《かが》絵巻、古九谷《こくたに》などの逸品が展示されているそうだ。

今は『茶の湯—黄金の美学—』という特別展示を行っているらしく、国宝の志野茶碗《しのちゃわん》の写真が載ったポスターが貼られている。

「わぁ……すごい、古銅桃底花入《こどうももぞこはないれ》だ……！　二徳三島茶碗《にとくみしまちゃわん》も……！　えっ、ホトトギスの竹茶杓《たけちゃしゃく》まであるの……！」

間近で見る歴史的茶器に感動して感嘆する六花に、柊が目を細めた。

「すごいね。見ただけで名前が分かるんだ？　俺、全然分かんないけど」

「全部、千利休《せんのりきゅう》が好んで使ったと言われる茶道具ですよ！　すごい、本物が見られるなんて！」

興奮ぎみに説明しながらも、六花の目は美術品に釘付けだった。

「他にも、古田織部《ふるたおりべ》ゆかりの茶器や、小堀遠州《こぼりえんしゅう》の消息《しょうそく》まで……！　ああ……こんなに一度に国宝クラスの逸品を見ることができるなんて！」

茶道を学んでいた頃でも、ここまでのものを見たことがなかった。

「ああ……素敵《すてき》……！」

展示されている茶器の美しさに恍惚《こうこつ》のため息を漏《も》らしていると、背後から視線を感じて振り返った。

柊が微笑ましいものを見るような、穏やかな眼差《まなざ》しでこちらを見ていた。

「あっ、私、うるさかったですね……？」

つい夢中になって早口で喋《しゃべ》ってしまった。興味のない人にはつまらなかっただろう、と反省していると、柊は「まさか」と笑いながら否定する。

「全然うるさくないよ。すごいなって思ってただけ」

「す、すごくはないですよ……？」

「いやいや、この茶碗を見ただけで名前を言えるって、そうそういないから。俺、フルタオリベもコボリエンシュウも知らない人、という表現に、少し笑ってしまった。

知らない人、という表現に、少し笑ってしまった。

「あ、千利休は知ってるよ」

「ふふふ、そうですね」

千利休は小学校の教科書にも載っているから、知っていなくては少々恥ずかしいかもしれない。

「やっぱり師範の免状を取っただけあって、茶道が好きなんだね」

「あ……どう、なんでしょうか」

茶道を好き、と聞かれて、六花は少し面食らった。

確かに長く続けてきた唯一のものなので、その世界の知識はそれなりにある。

だが好きかと訊《き》かれたら、考えたこともないというのが正直な話だ。

「茶道は……私でも続けられる唯一のものだっただけで……。他の習い事は、全然続かなかったんです、私。羽衣《うい》ちゃんや、咲良ちゃん……他のきょうだいは特別な才能があって、習い事でもたくさん賞をとっていたけれど、私は全然だったし……」

他のきょうだいたちは、科学や陶芸、音楽や絵画などに明らかな意欲を持っていた。それが好きで好きで仕方ないという情熱だ。

だが六花は違う。茶道をしなくてはいられないという情熱など抱いたことはないし、六花にしかできないものでもない。

「お免状も、長くやっていたから取れただけですし、すごくもなんともないんです」

どこか苦い微笑みを浮かべると、それまで黙って聞いていた柊がポツリといった。

「――でも、好きでしょ?」

「え?」

「茶道。六花はできることだったから続けたって言うけど、好きだから長く続けられたんじゃない? 普通、好きでもないことを十数年も続けられないよ。それに、ここで茶道具観てる時、六花すごくキラキラした目をしてたよ。好きなものに触れてるから、あんな表情ができたんだと、俺は思うけど」

優しい口調で指摘されて、六花は不思議な心地に包まれた。

自分の周囲を覆《おお》っていた薄い膜が、柊の言葉でハラハラと剥《は》がれていくような感覚だった。

「……私、茶道が好きだったんでしょうか……」

言われてみれば確かに、お茶を点てている時は心が凪《な》いでいた気がする。

ことあるごとに感じていた、きょうだいへの劣等感や自信のなさからくる情けなさを、お茶を点てている時は忘れられていたかもしれない。

呆然《ぼうぜん》と呟《つぶや》く六花に、柊は優しい目をして言った。

「結論は、六花がこれから出せばいいと思うよ。まあ、出さなくちゃいけないものでもないと思うし」

「……そう、ですね」

あくまで柔《やわ》らかく物事を捉える柊に、六花は頷く。

「……あの、でも、私、もう一度、茶道を学び直してみたい気がしてきました。ちゃんと学んで、お茶と向き合ってみたい……」

実家を勘当された関係で、以前の師匠に再び指導してもらうことはできないだろう。だが、探せば教えてくれるという人がいるかもしれない。

「今度、お茶を点ててよ、六花。俺、六花の点てたお茶、飲んでみたい」

穏やかな口調で柊が強請《ねだ》った。

強請られているのに、まるで緩やかに導かれているようだ。

優しくせせらぐ春の小川のように、柊は凝り固まった六花のコンプレックスをゆるやかに溶かしていく。

「はい。もちろん……」

頷いて請け負いながら、六花は夫の顔を見つめた。

自分の番《つがい》が、この人で本当に良かったと実感しながら。

＊＊＊

じっくりと美術館を観て回る六花を、柊は眩《まぶ》しい気持ちで見つめていた。

柊には古ぼけた茶碗にしか見えなくとも、彼女にとっては宝玉よりも価値のあるものなのだろう。

（あんなに熱中しているくせに、茶道が好きかどうか分からない、なんてね……）

自分からすれば、あそこまで夢中になって茶道具を見ている人が茶道を好きでないなんて、嘘《うそ》か冗談としか思えないが、六花は本気でそう思っていたらしい。

（好きなものを好きではないと思い込んでしまえるほど、根深いコンプレックスがあるんだろうな……）

彼女が自分に自信がないことは、これまでの発言や態度からなんとなく察していた。

その理由が、彼女のきょうだいたちにあることも。

(だが、きょうだい仲は問題なさそうだったが……)

姉の羽衣と一緒にいるところしか見たことがないが、姉を信頼しているのが見て取れたし、他のきょうだいたちのことを話す時も楽しそうな表情だった。

とすれば、彼女自身の問題なのかもしれない。

(さっき、他のきょうだいたちは特別な才能があると言っていたな)

六花のことがあって小清水家のことを調べたが、どうやら小清水家のオメガ——『女神胎《めがみばら》』と呼ばれるオメガは、アルファに似た気質を持って生まれるらしい。

それがアルファと同等の能力を持つという意味なら、小清水家のきょうだいは皆優秀な人間ばかりとなるだろう。

その中で、いわゆる普通のオメガが生まれたら——。

(なるほど、それはなかなか居心地が悪そうだ)

六花が劣等感を抱いても仕方がないのかもしれない。

だが柊は、六花が凡庸だと思っているわけでもない。

彼女はそう思い込んでいるようだが、十数年間も続けられるものを持つ人間が凡庸であるわけがない。

おまけに彼女は茶名という高い位の免状まで取得している。

これは人に教えられるだけでなく、その師匠が素質があると認めなければ得られないものだそうだ。

つまり、六花の師匠が彼女の才能を認めたという証拠に他ならない。

（……それのどこか凡庸だと？）

柊はそう思うが、いくら外野がそう言ったとて、彼女自身が自分を認めなくては、そのコンプレックスは消えないのだろう。

六花を幸せにしたい。

無論、『自分の隣で』という条件がつくものの、それは番《つがい》としての、伴侶としての、柊の生涯の目的である悲願だ。

愛する者には幸せになってほしいと、きっと誰しもが願うものだろう。

彼女の幸せをそのコンプレックスが邪魔をするというなら、取り除いてしまいたい。

とはいえ、それができるのは彼女自身しかいないことも、柊は分かっている。

（見守るしかないんだよなぁ……）

少々切ない気持ちを抱えて愛しい妻を見つめていると、ポケットの中でスマホが振動する。

取り出して画面を見ると、仕事相手からの電話がかかってきていた。

（……ここでは、まずいな）

この美術館は館内での通話は禁止されている。

六花を一人にはしたくないが、とはいえこの電話は少々厄介な相手だ。

悪い意味で昭和カタギとして有名な六十代の経営者で、モラハラ紛いの言動を多発してあちこちで噂《うわさ》になっている人物なのだ。

無視してしまいたいが、今回の複合商業施設への出店に関わっているため、今機嫌を損ねると面倒なことになる。

柊は小さく舌打ちして、展示品を見つめる六花の肩を叩《たた》いた。

「ちょっと電話に出てくるけど、ここを出ないで」

スマホを掲げて言うと、六花はコクコクと首を上下させる。

するとその拍子に大きなメガネがズレてしまい、慌ててかけ直していた。

（くっ……なんだそれ可愛いな……！）

彼女の愛くるしさに目を細めつつ、柊は早足で展示室を出た。

＊＊＊

展示室を出ていく柊の背中を見送りながら、六花はこんなことは珍しいなと思っていた。

再会してからずっと、柊は六花を文字どおり肌身離さず傍に置いていた。

仕事へも連れて行くし、出先でも目の届く所から離そうとしない。まるで目を離した隙に、六花が逃げてしまうと疑っているかのようだった。

なかなか信用してもらえないことは悩ましくもあったが、柊の傍にいられるのは六花としても嬉しい。そのため、特に面倒や苦労は感じていないので問題はなかった。

そんな柊が、電話に出るためとはいえ、外出時に自分の傍を離れたのが意外で、六花は思わず彼の背中が見えなくなるまで目で追ってしまった。

(……行っちゃった)

その姿が見えなくなると、途端に心許《こころもと》なさを感じてしまう。

なんだか靴を履き忘れた時のような感覚だ。

我ながら子どもみたいだなと苦笑し、気を取り直して見ていた茶壷に視線を戻した時、よく聞き慣れた声が聞こえた。

「えっ⁉　六花ちゃん⁉」

名指しされパッとそちらを見やると、そこに立っていたのはなんと妹の咲良だった。

長い黒髪を高い位置でキュッとしたポニーテールにし、オーバーサイズの白いシャツに細いデニムを合わせている。

長い手脚が際立つシンプルなコーディネイトに、その美貌もあいまって、まるでハリウッド俳優のような格好良さである。

「咲良ちゃん！　えっ、どうしてここに!?」

「それはこっちのセリフだよ！　いつ金沢に!?　さぁちゃんはどこ!?　っていうか、めちゃくちゃ心配してたんだよ！」

大声で訊き合っていると、展示室の隅に立っていたキュレーターの女性がメガネを押し上げながらこちらを見てきた。

「あっ……ねえ、ここはまずいから、行こう」

気づいた咲良が声を潜《ひそ》め、六花の手を引いて展示室を出ようとする。

「あ……」

先ほど柊に「ここを出ないで」と言い置かれたことを思い出し、六花は躊躇《ちゅうちょ》して足を止めた。

立ち止まった六花を、咲良が怪訝《けげん》そうに振り返る。

「六花ちゃん？」

「あ、ごめん、夫がここにいてって言ってたから、待っていないと……」

「はあ⁉　夫って……！　待ってないとってどういうことよ？　夫の許可がないと場所移動もできないってこと？」

咲良には珍しく棘《とげ》のある言い方に、六花は驚いて目を丸くした。

「えっ、そんな……ことはないけど……」

びっくりして否定したものの、よく考えてみれば「いや、そんなことあるだろうか」と思ってくる。

（ここを離れたら、柊さん、怒るかな？　多少の場所移動くらいなら大丈夫かな……？）

考え込んでいると、咲良の表情がどんどん強張《こわば》っていった。

「ねえ、六花ちゃんの夫ってさぁちゃんの父親でしょう？　本当に大丈夫な人なの？」

「大丈夫って……」

続きを話そうとしたが、キュレーターの咳払いが聞こえてきて、六花と咲良は互いに顔を見合わせる。

これ以上ここにいるのは無理と判断し、六花は仕方なく咲良と共に展示室を離れた。

スマホで柊にメッセージを送りたかったが、咲良に片手を握られていてできなかった。

（……なんだか咲良ちゃん、ピリピリしてるし……）

咲良と共に向かったのは、美術館を出た先にある、もう一つの新しい大きな美術館だった。

「ここカフェとかもあるし、外が公園みたいになってて、落ち着いて話すことができるから」

そう説明する咲良の表情は硬いままだ。

どうやら、六花に苛立《いらだ》ちを感じているようだ。

オブジェのような形をしたベンチまで歩いてくると、咲良はようやく歩みを止めて六花を振り返った。そして辺りを見回して人気がないのを確認すると、六花の肩に両手を置いて、真剣な目をして言った。

「ねえ、正直に言って、六花ちゃん。その夫って男に、あの夜……無理やり番《つがい》にされたんじゃないの⁉」

「え……」

妹の迫力に気圧《けお》されながら、六花は言われたことを頭の中で反芻《はんすう》した。

(無理やり……番《つがい》に？)

『番契約《つがい》』を強引に行うとしたら——と考えて行き着いたのは、犯罪だった。

それはつまり、強姦されたということだろうか。

「え、ええっ⁉　そ、そんなわけないでしょう⁉　柊さんがそんなことするわけない！　合意だよ！」

仰天して否定したが、咲良は疑いの眼差しのままだ。

「だっておかしいじゃない。二年前に逃げたにもかかわらず、再会してすぐに結婚だなんて！　しかも結婚したかと思ったら、相手は六花ちゃんを囲い込んで、自分が一緒の時じゃないと外にも出さないって聞いたよ！　どう考えたって、そんなの拉致《らち》監禁でしょう！」

「えええええええ!?」

妹の口から出てくる疑惑に、六花はお腹の底から変な声が出てしまう。

どこから突っ込めばいいか分からない。

「待って待って、全然違うから、それ！」

「何が違うのよ」

「全部違うの！　っていうか、どこ情報なの、それ！」

咲良に嘘を吹聴したのは誰なんだ、と思って聞けば、咲良はきょとんとした顔で「きーちゃん」と答えた。

（桐哉《きりや》くん〜〜〜！　絶対語弊のある言い方したんでしょう〜〜〜！）

あのアルファの頂点に立つ戦車のような男は、知力・体力・経済力・権力・美力（？）と、力という力全てを兼ね備えて生まれてしまったがゆえに、力のない者への配慮というものが常に足りていない。もしかしたら配慮という言葉すら概念にないかもしれない。

さらに言えば、桐哉は気に入った人間をおちょくるというか、わざと怖いこと言って揶揄《からか》う悪い癖がある。

「お前のことだから、気に食わない奴を（海に）沈めたんだろう？」といった具合だ。

力の強い者同士なら冗談で済んでも、そうでない者が聞けば恐怖に怯《おび》えてしまうだろう。桐哉だったら実際にやるかもしれないと思えるせいもあるかもしれない。

（桐哉くん、柊さんを気に入っているっぽかったし、揶揄いの対象にしちゃっててもおかしくない……）

きっと咲良が聞けば、六花がひどい目に遭っているのではと誤解するような言い方で、柊のことを語ったに違いない。

（桐哉くん……今度羽衣ちゃんに怒ってもらうんだから……！）

「あのね、咲良ちゃん。桐哉くんはいつも大袈裟《おおげさ》な言い方をするじゃない。今回もそれ……」

「ねえ、六花ちゃん。もしかして、さぁちゃんを人質に取られて、言うことを聞かされてるんじゃないの？」

頭が痛くなってきた。話を聞いてくれ妹よ。

六花は額を押さえながら、深いため息をついた。

そうして呼吸を整えると、咲良の肩に自分の手をポンと置いた。

これで姉妹で向き合い、肩を組み合っている――二人で円陣を組んでいるような奇妙な体勢になってしまったが、それどころではない。

「咲良ちゃん、聞いて。柊さんと私は、合意のもとで『番契約《つがい》』をしたの。私が逃げたのは、相手の素性を知らないまま、情熱に任せて関係を持ってしまったから。もし小清水に害をなす人間だった場合、ママが彼を消しちゃうでしょう？　それを防ぐために、自分が消えることにしたの。だから、二年前のことで柊さんは悪くない」

きっぱりと説明すると、咲良は少し落ち着いたのか一度押し黙った。

だがやっぱり納得がいかないのか、顔を顰《しか》めてまた口を開く。

「――でも、じゃあなんで、その人は六花ちゃんを外に出さないの？　羽衣ちゃんが、全然会えなくなってしまって寂しいって言ってたよ」

「あー……それは……」

どう説明しようかな、と六花は言い淀んだ。

咲良の言ったことの中で、柊が六花を外に出したがらないというのは本当である。

結婚し引っ越したことで、あれだけ頻繁に会っていた羽衣ともほとんど会えなくなってしまい、寂しい思いをさせているというのも事実だ。

何をどう言えば、咲良を誤解させることなく説明できるだろうかと思案していると、咲良がまたキッと眦《まなじり》を吊《つ》り上げる。

「答えられないってことは、やっぱり監禁されているんじゃないの⁉　大体、六花ちゃんがさぁちゃんを連れてないのもおかしいもの！　ねえ、困ってるなら私たちに言ってよ、六花ちゃん。きょうだいが窮地に立ってたら、みんな絶対手を貸して――」

咲良の早口の説得は、しかし途中で遮《さえぎ》られた。

ザッと衣擦《きぬず》れの音がしたかと思うと、六花の視界が一瞬で翳《かげ》る。驚いて目を上げると、広く逞《たくま》しい背中が見えて、ふわりと嗅ぎ慣れた香りが鼻腔《びくう》を擽《くすぐ》った。

（――あ、柊さん……）

現れたのは、予想どおり柊だった。

六花がいなくなったことに気づき、焦《あせ》って探し回ったのかもしれない。首筋に汗が浮いていて、肩で息をしている。

「あ……あなた……」

いきなり現れた男に、咲良が狼狽《うろた》えた声を出した。

柊は長身だし、その上アルファだ。

怯えて当然だろう。

普段は柔和な笑顔と優しい物腰で隠しているが、彼がその気になればいくらでもアルファらしく振る舞えることを、六花はもう知っている。

そして今、柊はそのアルファ気質を剥《む》き出しにして咲良を睨《にら》み下ろしていた。

「妻に何か？」

低く唸《うな》るような声に、咲良だけでなく六花まで震え上がりそうになる。

明らかに相手を威嚇《いかく》する声色に、六花は焦って彼の腕を掴《つか》んだ。

「しゅ、柊さん、その子は私の妹の咲良です！」

だから威嚇しないで、と言ったつもりだったが、柊はそれを聞いてさらに咲良を見る目を鋭《するど》くする。

「なぜ妻に接触してきた？　妻が一人になるのを狙っていたのか？」

尋問するような口調に、六花は慌てて首を横に振った。

「柊さん！　咲良は金沢に住んでいるんです。たまたまさっきの美術館で会っただけです。久しぶりだから、話をしようとここまで来ただけで……」

「君に聞いているんじゃない。俺は彼女に聞いているんだ」

冷たく断じられ、六花は焦る気持ちが一気に高まるのを感じた。

（ど、どうしよう……柊さん、もしかしてめちゃくちゃ怒ってる……？）

美術館を出ないでと言われたのに、出てしまったからだろう。

だが、まさか咲良と出くわすとは思わなかったし、あの美術館で喋ることはできなかったのだから仕方ない。

言い訳はいくらでも思いついたし、話せば分かってもらえる状況だったと思う。

だがこちらを見ようともせず、硬く厳しい表情で咲良を睨みつけている柊には、何を言っても無駄な気がした。

「柊さん……」

それでもなんとか宥《なだ》めなくては、と彼の名前を呼んだ時、咲良が叫《さけ》ぶように言った。

「六花ちゃんに高圧的な物言いをするのはやめて！　番《つがい》だからって、姉を良いように扱うなんて、私たちが許さないから！」

咲良の啖呵《たんか》に、柊がギラリと眼差しを光らせる。

その鋭さにゾッとしてしまった六花だったが、母の気質を色濃く受け継ぐ咲良は、なおも果敢に柊に食って掛かった。

「六花ちゃんを解放しなさい！　六花ちゃんを幸せにできない奴なんかに、大事な姉を任せられるもんですか！」

「……へえ、ずいぶんと威勢の良いお嬢様だ」

うっすらと酷薄そうな笑みを浮かべて、柊が言った。

「血統書付きの室内犬は、キャンキャンとよく吠《ほ》えるって本当なんだな」

「キャンキャン……⁉　室内犬ですって⁉」

自分を犬扱いされたことに、咲夜が顔を真っ赤にして怒り出した。

当然だろう。小清水の娘を相手にこれほどの暴言を吐《は》く者はそういない。

六花もこんな怖いもの知らずは見たことがない。

（しゅ、柊さん、人が変わってますよ……⁉）

いつも穏やかで優しげな、六花の夫はどこへ行ってしまったのか。

「あなたねっ……！」

「ああ、本当にキャンキャンとうるさいな」

怒り心頭で声を荒らげる咲良に、柊はチッと舌打ちをする。

そして片手でガッと咲良の顎を掴むと、見開いた目で彼女を睨み下ろして囁《ささや》いた。

「やれるものならやってみればいい。番を奪われたアルファがどれほど危険な存在か、その身で試してみるのも社会勉強になるだろう」

地を這《は》うような低音に、周囲の空気が凍てつきそうだ。

視線だけで人を殺せそうな迫力に、さすがの咲良も竦《すく》み上がったようで、顔色を真っ白にして言葉を失っている。

咲良が完全に気圧されてしまったの見て、柊は彼女の顎を掴んでいた手を離した。

そして振り返って六花に向き直ると、無言のままその身体を抱え上げる。

「きゃあっ！　しゅ、柊さん……、歩けるから……！」

いきなり横抱きにされて、六花は混乱しつつも叫んだ。

平日なので人気《ひとけ》は少ないが、それでも人目のある場所だ。お姫様抱っこはさすがに目立ちすぎるだろう。

それに、咲良のことも心配だった。

いくらアルファ気質の『女神胎』だとて、アルファと対峙して怖くないわけがない。

的外れな心配ではあったが、自分を思っての言動だったと分かっているだけに、このまま放っておくわけにはいかない。

「ねえ、柊さん、待って！」

六花の言葉をまるっきり無視して、柊が歩き始める。

「待って、咲良ちゃんと話をしたいの。ねえ、下ろしてください！」

焦った六花が止めようとしたが、柊が鋭い目をして短く言った。

「黙れ」

「……っ」

とりつく島もない対応に、六花は口を噤《つぐ》む。

こんな頑《かたく》なな柊を初めて見た。

（……いつだって穏やかな笑みを浮かべていて、私の意向を優先してくれる人なのに……）

それだけ、柊の怒りが強いということだろう。

（私、番《つがい》の逆鱗《げきりん》に触れてしまったのかもしれない……）

今更恐ろしくなりながら、六花は唇を引き結んだ夫の厳しい表情を見つめたのだった。

第六章　天女降臨

細く落ちる水に、青竹の鹿《しし》おどしがゆっくりと揺れる。

苔生《こけむ》す石にせせらぐ水が、陽光を反射してキラキラと光っていた。

美しく整えられた日本庭園を眺《なが》めながら、六花《りっか》はぼんやり考えていた。

（うーん……どうしたものかなぁ……）

夫の実家のお屋敷に閉じ込められてはや三日。

この窓からの景色を毎日眺めてはため息をつく。

美術館で咲良《さくら》と遭遇した後、柊《しゅう》と共に仕事の打ち合わせに行く予定だった六花は、しかし打ち合わせ場所ではなく義実家に連れ戻された。

そして柊は、氷のような薄い笑顔を貼り付けて、静かに言ったのだ。

『俺が戻ってくるまで、この家から出ないで。――一歩も』

彼の背後に、吹雪《ふぶき》の幻覚を見たのは気のせいだろうか。

（……吹雪の幻覚はともかく、その場にいたお義父《とう》さんとお義母《かあ》さんも固唾《かたず》を呑《の》んでいたから、柊さんの怒りが静かに炸裂していたことは確かよね……）

普段温厚な彼があそこまで激怒するのは珍しい。

義両親も相当に驚いていたので、やはり滅多にないことのようだ。

六花を実家に置き、また一人で仕事へと向かった柊を見送った後、義両親に何があったのか訊《たず》ねられたので事の顚末《てんまつ》を説明したら、彼らは困った顔をして謝ってきた。

『うちの息子がご家族に失礼をして、本当に申し訳ない、六花さん』

『そんな！　私の妹の方が失礼なことを言っていましたし！　そもそも私たちの結婚がこじれたのは、私の実家の事情が原因ですから……』

むしろ小清水《こしみず》家のややこしい事情に、柊の方が巻き込まれている状況で、謝るのはこちらの方だと言えば、義両親はホッとした表情になった。

『良かった……六花さんに捨てられたら、あの子は狂ってしまうでしょうから……』

義母がしみじみとそんな冗談を言ったので、「そんな大袈裟《おおげさ》な」と六花は苦笑したが、義両親は真顔で「大袈裟ではない」と首を振った。

『言っただろう？　うちは特殊だって。唯一無二の番《つがい》を失えば、一ノ瀬《いちのせ》の人間は取り戻すためになんでもやるだろうし、それが叶《かな》わなかったら狂うか、死ぬかの二択だ』

『そんな……〝運命の番《つがい》〟じゃあるまいし……』

自分の両親や桐哉《きりや》ならやりかねないが、と思いながら言ったが、義父は「似たようなものだ」と断じた。

『一ノ瀬の遺伝子に刻まれているのは、〝運命の番《つがい》〟と同じような習性だ。だが厄介なのは、〝運命の番《つがい》〟とは違い、唯一無二だと感じるのは一ノ瀬の者だけだということなんだよ』

『というと……？』

『相手はそうではないから、一ノ瀬の重すぎる愛情に嫌気がさして逃げてしまうこともある。……先祖の中には、事件を起こしかけた者もいたんだ』

渋い顔でされた説明に、六花は「ああ……」と呻《うめ》き声のような相槌《あいづち》を打ってしまった。

事件がどういう内容だったのかは、敢《あ》えて聞かないことにしたが、大体想像ができる。

拉致《らち》、監禁、傷害、殺人——あまり考えたくない単語が浮かんだが、六花はそれをそっと脳内から消した。想像してはいけない。

『弟の柾《まさき》はベータだけど、それでもやっぱり伴侶への執着心がすごくてね。たまにびっくりするようなこともするから、親としてはヒヤヒヤするの。それでもベータだし、できることに限りがあるから、ある程度は安心していられるんだけど、柊はアルファでしょう……？』

胃の辺りを押さえながら呟《つぶや》く義母に、その心労の深さが窺《うかが》えて、六花は思わず彼女の背中をさすってしまった。

（確か、お義父さんもお義母さんも、ベータだったはずよね……）

こんな特殊な事情の中、アルファの息子を育てるのはさぞかし心配事が多かったことだろう。

（あらゆる能力値が高いアルファには、できることが多すぎるものね……）

仮に自分が逃げたとして、柊が自分を捕まえるために犯罪に手を染める姿をやすやすと想像できてしまい、ため息が漏《も》れた。

彼らが柊と六花の結婚に何も言わなかったのは、こういう事情からだったのだな、とようやく腑《ふ》に落ちた気がした。

（いくら特殊な家の習わしであったとしても、逃亡したり、孫を産んだことを隠していたりするような嫁を、詰《なじ》ることもせずすんなりと受け止めてくれるなんて、ちょっと変だなって思っていたのよね……）

その後も、義両親から「柊を許してやってほしい」と何度も懇願され、「許すも何も、私は柊さんを愛していますから」と本人のいないところで愛の告白を繰り返す羽目になったのだが、まあ特殊な状況なので仕方ないだろう。

そんなわけで、六花はこうして義実家で半分軟禁生活を送っていた。

柊はあれ以来、六花を外に連れて行くことをしなくなってしまったからだ。

仕事に同伴しなくなっただけじゃない。

ちょっとそこへ散歩、という程度の外出すら、一緒に行かなくなった。

柊は出かける前に、必ず六花に「ここにいてね」と笑顔で言い置く。

命令でもなんでもない、やんわりとした「お願い」だ。

だが、それが「試されている」のだと六花はちゃんと理解している。

二年前、六花は柊から逃げた。その結果、信頼を失った。

柊はそれでも自分の伴侶を探し続け、六花を見つけ出してくれた。六花を唯一無二の伴侶だと言って傍《そば》に置くくせに、彼は六花の言葉を信じない。信頼していないからだ。

一緒にいても、彼はいつも緊張感を崩さなかった。六花がいつ逃げ出してしまうか分からないと思っていたのだろう。

それでも傍にい続けたことで、その緊張が少しずつ緩んでいたように思う。もう二度と彼から逃げないと、六花が行動で示し続けた結果だ。

だが、数ヶ月をかけて信頼を取り戻しかけた矢先に、六花はまたやらかした。

先日の美術館でほんの数十分とはいえ行方をくらませたのだ。

それが決定打となってしまったのだろう。

もう柊には六花の言葉が届かない。

「好き」も「愛している」も「逃げない」も、彼にとってはただの音だ。

（柊さんが信じるのは、「私が逃げない」という事実だけ……）

自分の愛情を受け取ってもらえない状況が悲しかった。

すぐ傍にいて、その身体には触れることができるのに、愛情だけが届かない。

彼は六花を信じないけれど、自分の愛情は惜しみなく注いでくる。六花に愛を囁《ささや》き、抱き締め、キスをして、触れてくれる。

それがとても嬉《うれ》しいし、幸福だと思う。

だがそれだけでは足りないのだ。愛されるだけじゃなく、同じだけの愛を返したい。

（私にも、あなたを愛させてほしいよ、柊さん……）

彼に愛されて幸せだと思う分、彼にも自分に愛されて幸せだと感じてほしいのだ。

彼を幸せにしたい。愛する人には、幸せでいてほしい。

だから六花はこの家から出ない。

六花が彼を愛していると、彼が信じてくれるまで、彼の「お願い」を聞くことに決めたのだ。

「……でも、本当にこれでいいのかなぁ……」

六花がほぼ自主的にこの家に軟禁されていれば、柊は満足そうだ。

（でもこのままの状態を続けたところで、柊さんが私を信じてくれるかな……？）

柊が信じているのは、「六花が逃げ出さない」という事実でしかない。六花自身を信じてくれているわけではないのだ。

「状況を維持しているだけってことだよね……」

このまま永遠に軟禁されているわけにはいかない。

不幸中の幸いというか、この義実家の敷地はちょっとした公園ほどもあり、美しい庭が広がっているため、敷地内であっても散歩している気分にはなれる。早織《さおり》のお散歩もお庭で十分できているのだが、とはいえこれがあと一月《ひとつき》続けば、精神的に辛《つら》くなってきそうだ。

現実問題、早織が大きくなって幼稚園や小学校に通うようになれば、母親として六花が引きこもっているわけにはいかなくなるだろう。

「なんとかしなくちゃなぁ……」

もう一度ため息をついた六花の膝を、ペチッと小さな手が叩《たた》いた。

「まーぁ、うぅ！」

いつの間にかお昼寝から起きていた早織が、こちらを見上げながらペチペチと母の膝を叩いている。

そのキリッとした表情が、まるで「元気を出せ」と言われているようで、六花はプッと噴《ふ》き出してしまいながら我が子を抱き上げた。

「あははっ！　さぁちゃん、ママに気合入れてくれたの？　ふふふ、ありがとう～」

「まぁ！　ぁいっ！　だぁぶ、ねー！」

「あぁん、もう可愛《かわい》いっ！　いいこっ！　ママの大事《だぁいじ》ぃ子ちゃんねぇ、さぁちゃんはぁ」

もちもちすべすべのほっぺたに頬《ほお》擦《ず》りすると、擽《くすぐ》ったいのか早織がキャアッと笑い声をあげる。

「ほぅら、こちょこちょこちょ～！」

「キャア！　キャキャキャキャキャッ！　ンフ、きゃーぁ！」

そのまま畳の上で親子でイチャイチャしていると、ドタドタドタ、という荒っぽい足音が廊下の方から聞こえてきた。

（なんだろう？　珍しいな……）

この家には義父と義母、そして通いの数名のお手伝いさんがいるだけだ。その全員が壮年の落ち着いた人たちで、廊下を走ったりするようなタイプではない。

不思議に思って様子を見ようと立ち上がりかけた時、「六花さん！　六花さん、大変だ！」と切羽詰まった義父の声がして、襖《ふすま》がタンと開かれた。

「ど、どうされたんですか!?」

現れた義父の顔色は真っ青で、六花は驚いて傍に駆け寄った。ただ事ではない様子だ。

義父は震える手で持っていたスマホを差し出し、震える声で呟いた。

「しゅ、柊が……攫《さら》われてしまったと……今、蔵《くら》の従業員から……」

「――え、えぇぇッ!?」

とんでもない事態に、六花の頭は一瞬真っ白になった。

＊＊＊

顔に冷たい水を浴びせかけられる衝撃で、柊は目が覚めた。

「――ッ、ブハッ！　ゲホッ！」

意識が覚醒した瞬間、本能から息を吸ってしまい、一緒に吸い込んだ水が気管支に入り込んで咽《む》せ返る。

肺が異物を押し返そうと咳反射を激しく繰り返し、過呼吸で頭がぼうっとしてきた。

咳をするたびなぜか肩が痛い。後ろ手に無理な体勢で腕を縛り上げられているからだ。

（クソ、なんだ、一体……どうなってる？）

ようやく咳が止まり、身動《みじろ》ぎで自分の状態を確認すると、なんと椅子《いす》に縛り付けられていた。

（……やっべ、これ、任侠映画で観たやつだ……）

下っ端のヤクザが尋問された挙げ句、コンクリート詰めにされて海に沈められるシーンが脳裏を過《よぎ》り、柊は変な笑いが漏れる。

（こんなことを現実《リアル》でやってのけるような、イカれた連中といえば……）

思い当たる人間は、恐ろしいことに数名いる。それも、ここ数ヶ月で知った人物ばかりだ。

「お目覚めのようねぇ」

艶《あで》やかな女の声が響いて、柊は顔を上げる。

濡《ぬ》れて垂れ下がる前髪の隙間から周囲を観察した。

どこかの倉庫だろうか。剥《む》き出しのコンクリートに、プレハブの壁が見える。

がらんとした空間の中、場違いなほどの高級そうなソファが置かれていて、そこにとんでもない美女が優雅に座っていた。

隣にはこれまた目を見張るような美丈夫が、寄り添うように立っている。

どちらも年齢は不詳だ。二十代にも、四十代にも見える。

女が身につけているのは総絞りの黒の着物で、柊は詳しいわけではないが、素人《しろうと》の目から見ても相当な値段のものだと分かった。

射干玉《ぬばたま》の黒髪を美しく結い上げ、長く濃いまつ毛をはためかせる様は、まさに天女だ。黒いのにガラスのように透けて見える瞳が、こちらの命を吸い取ってしまいそうな妖しい魅力を醸し出している。

初めて見る女だったが、柊はそれが誰だか分かっていた。

ふ、と皮肉げな笑みが漏れる。

こんな形で会うことになるとは――。

(思っていたけどね)

心の中で吐《は》き捨てながら、柊は口を開く。

「……どうも。お義母さん、とお呼びすべきですかね？　小清水夜月《よづき》さん」

フルネームで呼べば、女――六花の母親は、美しい眉をクイッと上げた。

「まさか、小清水家のご当主様のご尊顔を拝謁《はいえつ》できるとは思っていませんでしたよ」

慇懃無礼《いんぎんぶれい》に言ってやると、夜月は不思議そうに小さく首を傾《かし》げる。

そんな何気ない仕草《しぐさ》も、舞のように典雅だ。

全ての動作が魅力的に見えるよう緻密に計算されているのではないかと思うほど、彼女の一挙一動が美しく、なるほどこれが小清水の「かぐや姫」かと、柊は心の中で感嘆した。

「フゥン。肝だけは据わっているようだけど。果たしてそれが勇敢なのか、無謀なのか……。お前、この状況がどういうことか、理解できているの？」

問われて、柊は頭の中の記憶を探った。

（確か、今日は酒蔵の方の仕事をする予定だったから……）

自社の酒蔵で仕事をしていたはずだ。だがＬｙｒａの事務所にも用事があったため、酒蔵での仕事をあらかた片付けた後、タクシーを呼んだことまでは覚えている。

高校を卒業してすぐ海外留学をした柊は、自動車の運転免許を取得する機会を逸《いっ》してしまい、未だに車の運転ができない。都会は公共交通機関が充実しているが、地方ではそうはいかないため、地元での移動はもっぱらタクシーを使っているのだ。

（タクシーに、乗って……あれ？）

蔵の事務所の前に横付けされたタクシーに乗り込んだ瞬間、違和感を覚えたことを思い出し、それをきっかけに一気に記憶が蘇《よみがえ》った。

（……呼んだタクシーが、いつもの運転手じゃなかったから、降りようとしたな）

柊が使うのはいつも決まった個人タクシーだ。運転が丁寧で、時間に融通が利くところを選んでいるからだ。

いつものタクシーを呼んだはずなのに、運転手が違うのは明らかにおかしい。

咄嗟《とっさ》に降りようとすると、運転手が身を乗り出すようにして腕を伸ばし、柊の顔に何かを被《かぶ》せたのだ。強烈な刺激臭が記憶の隅に残っていて、なるほど、あれは吸入麻酔薬の類《たぐい》かと納得した。どうやら薬物で昏倒させられたらしい。

「あのタクシーの運転手、あなただったんですね」

柊はチラリと夜月の隣の男を見て言った。

上等なグレーのスリーピースを着こなし、夜月を守るようにして立っているその男は、おそらく夜月の番《つがい》である朔太郎《さくたろう》だ。

水も滴《したた》るような、とは使い古された表現だが、この男にはその表現がよく似合う。

夜月が火なら、朔太郎は水だ。満たし、潤《うるお》し、時に怒濤《どとう》のように人を呑《の》み込む、優しくも猛々《たけだけ》しい、水のような雰囲気《ふんいき》の美貌の人だった。

(この人が六花の父親か……)

そう実感したのは、やはり朔太郎の容貌だ。

柔《やわ》らかい目元が、己の最愛の番《つがい》、六花によく似ていた。

「人を使っても良かったが、君もアルファだからね。私がいかないと、ベータでは力負けするだろう？」

「なるほど」

アルファの柊を相手にするにはアルファでなくては、ということなのだろう。

この国最強のオメガとその番《つがい》のアルファを前にして、柊は口を引き攣《つ》らせた。いつもの余裕ぶった笑顔が作れない。背中に冷たい汗が流れ落ちていくのが分かった。

（……さすがの俺でも、この人たち相手にすれば死ぬなぁ……）

アルファとして己にはそれなりに自信を持っていたつもりだが、この二人を前にすると己の存在の矮小《わいしょう》さを突きつけられる。

権力や経済力で敵《かな》わない相手であることは分かっていたが、おそらく身体能力でも敵うかどうか。対峙して己の負けを認めざるを得なかった。

圧倒的な美しさもさることながら、この二人から噴き出す威圧感が半端ない。まるで猛獣二頭に睨《にら》まれているかのようだった。

この二人がなんのために自分を攫ったのか分からないが、殺すためであるならば、自分の運命はここで終わりということだ。

（……蔵の事務所の真ん前で誘拐されたってことか。従業員の誰かが誘拐を目撃していてくれたら助かるんだけどな……）

そうすれば警察に通報してくれるだろうから、まだ活路が見出せる。

うっすらと希望を抱いたものの、すぐにそれを切り捨てた。

（……いや、小清水家相手に、警察がまともに動いてくれるかも怪しいか……）

小清水を守るためにどれだけの権力が動くか分からない。

あの王寺《おうじ》家が真っ先に動くだろうことを鑑《かんが》みれば、警察が柊を助け出す確率は一桁にも満たないだろう。

半ば絶望しつつ、それでも柊は笑みを浮かべてみせた。

どうせ死ぬなら、格好をつけて死にたい。アルファの矜持《きょうじ》というやつだ。

「それで？　俺を攫って水責めにしている理由はなんですか？」

殺されるにしても、まずは理由を聞いておこう。

(そういえば、六花の妹の顔を掴んだな……)

そう思いながら口にした質問に、夜月がハッキリと顔を歪《ゆが》めた。

「呆《あき》れた。己の分不相応な所業の自覚もないようね、愚かなこと」

本当の美とは歪んでも美しいのだな、などと頭のどこか裏側で思いつつ、柊は首を傾げる。

「分不相応？」

「六花は我が娘――小清水の珠玉の一つ。お前ごとき雑種が手を触れていい存在ではなかったのよ」

ずいぶん上から目線な理屈ではあるが、彼らの方が社会的身分が上であることは事実だ。

だが柊とて引き下がっているわけにはいかない。

せせら笑いを浮かべて夜月を見た後、吐き捨てるように言った。

「珠玉なんて言葉で誤魔化《ごまか》してないで、手駒ってハッキリ言ったらどうですか？」

柊のセリフに、夜月の目の中に火矢のような怒りが閃《ひらめ》いた。

明らかに怒らせたのが分かったが、柊は止まらなかった。

死ぬ前に言ってやらねば気が済まない。

「六花が俺と番《つがい》になったからって、サッサと勘当して追い払ったのはあんたたちだろうが！　手駒として使えなくなったから捨てるってか!?　人間の所業かよ！　今更親ぶってどの口が珠玉だなんて言ってんだ！」

柊は叫《さけ》んだ。こんなに大声を出したことは、いつ以来だろうか。

夜月の顔が天女ではなく般若《はんにゃ》のようになっている。

隣では朔太郎が顔色を真っ青にして、鬼のような目でこちらを睨《ね》め付けていた。

怒り心頭に達すると、人の顔は赤くなるのではなく青くなるのだと、柊は今初めて知った。

(あ、これ、俺死んだな)

自分の死を確信した。

だが構うものか。

六花の事情を知ってからずっと、この二人を怒鳴りつけたいと思っていたのだ。

「六花はな、自分を出来損ないだと思ってる！　他のきょうだいたちのように、小清水の『女《め》神胎《がみばら》』に相応《ふさわ》しい能力がないから出来損ないなんだって！　あんたたちがそうさせたんだ！

六花は完璧だ。可愛くて、優しくて、彼女は彼女のままで完璧なんだ。あんたたちが一度でもそう言ってやっていれば、六花はあんなに自分を卑下《ひげ》したりすることはなかった！　何が女神胎だよ、そんなもん、糞《くそ》食らえだ！」

柊が叫び切ったと同時に、夜月がソファから立ち上がり、ツカツカと歩み寄って来たかと思うと、白魚のような手を振り上げて、柊の顔に往復ビンタをした。

これがとんでもない威力で、ビンタだというのに、その衝撃で脳が揺れ、柊の目に青白い火花が散る。痛いというか、もう熱い。

殴られたことで切れたのか、錆《さび》の味が口の中に広がった。

嫋《たお》やかな天女のような見た目で、なんというバカ力なのか。詐欺すぎる。

「お黙り、この小童《こわっぱ》が！」

ドスの利いた声は、とても先ほどの艶やかな声の主と同一人物とは思えない。

夜月はギリギリと歯軋《はぎし》りをしながら、柊を睨み下ろす。

「私たちがどれほど子どもたちを愛しているか、子どもたちを守るためにどれほど必死か、何も知らないお前が偉そうな口を利くな！　殺すぞ！」

雑な殺人予告をしながら、さらにビシ、バシ、と平手打ちを追加された。

（いやほんと、マジで痛い……）

先ほどと変わらない威力のビンタの痛みに耐えていると、朔太郎が夜月の手を掴《つか》んで止める。

「夜月、手を痛めてしまうよ」

「……朔太郎。じゃああなたが叩いてちょうだい」

「了解」

（いや了解すんな……）

どういう会話だ、と心の中でツッコミを入れていると、ゴッと脳天に拳骨《げんこつ》を喰《く》らった。

「グッ……！」

脳が揺れて、柊は息を詰める。

夜月のビンタの威力もすごいと思ったが、朔太郎の拳骨はさらに破壊力があった。

頭に喰らった一撃が、脊椎にまでビリビリと響く。

「これは夜月に生意気な口を利いた分」

爆弾のような拳骨の威力とは裏腹に、優しげな声で朔太郎が言った。

「そしてこれは、咲良《さくら》の顎を掴んだ分」

穏やかに言いながら、朔太郎がもう一度拳《こぶし》を振るう。

「グァッ……！」

「咲良も少々考えなしなことを言ったと思うけど、女の子の顔を掴んじゃダメだろう。……そしてこれは、六花を閉じ込めている分」

「――ッ、カハッ！」

最後の一撃は、頭ではなく腹だった。

重い砲丸のような拳を鳩尾《みぞおち》に叩き込まれ、猛烈な吐き気と共に胃液が迫り上がってくる。

だがそれを吐き出すような無様な真似《まね》は絶対にしたくなくて、柊は歯を食いしばって口の中に広がる苦味に耐えた。

嘔気《はきけ》と不快感に全身に冷や汗が滲《にじ》み出た。身をくの字にしたかったが、椅子に括《くく》り付けられているので叶わない。

ならばいっそ背筋を伸ばせ、と自分に言い聞かせ、震える体幹に鞭打《むちう》って頭を上げた。

この二人の前でこれ以上の醜態《しゅうたい》を晒《さら》すことは、柊のプライドが許さなかった。

「へえ、持ち堪《こた》えたか。なかなか頑張るね」

余裕綽々《しゃくしゃく》な顔で朔太郎が笑う。

その顔が六花に似ていて、柊は忌々《いまいま》しさに舌打ちしたくなった。

「まあ、これくらい耐えてもらわないと、大事な娘は任せられないんだけどね」

にっこりと笑ってそう言った後、朔太郎は柊の髪を掴んで顔を上げさせると、その顔から一切の表情を消した。

「お前は自分がなぜ六花を閉じ込めるか分かっているか？」

六花によく似た目をした男が、苛烈な眼差《まなざ》しで、一番触れられたくない場所を刺してくる。

その苦痛に、柊は歯軋りした。

「それは、お前の弱さが原因だ。六花を信じないお前の弱さを、六花のせいにしているだけなんだよ」

「……ッ」

正論に、ぐうの音《ね》も出なかった。

正直、殴られた痛みよりも、その指摘に泣きたくなった。

(そうだ。俺は……六花を信じるのが怖いから、閉じ込めている。彼女を愛していると言いながら、彼女を信じるのが怖い。もう二度と逃げられたくないから……逃げられたら、自分が狂うとわかっているから)

逃げられたくないなら、逃げられないように努力をすればいいだけだ。

六花が離れたくないと思うような、人間になればいい。

彼女に愛される番《つがい》である努力をするべきなのだ。

その努力をせず逃げ道を塞《ふさ》げば、彼女が逃げたくなるに決まっている。

伴侶として、番《つがい》として、共に生きていくのなら、お互いを信じなくてはいけないのだ。

自分の不甲斐《ふがい》なさ、情けなさに、柊は奥歯を噛んだ。

「これ以上あの子を閉じ込めるような愚かな番であるなら、ここで始末してしまった方があの子のためだろう」

朔太郎が冷たく断じたその時、バン、と大きな音を立てて倉庫の入り口の扉が開いた。

「ママ！　パパ！　もうやめて！」

飛び込んできたのは、なんと六花だった。

「六花ちゃん？　どうしてここに？」

思わぬ闖入者《ちんにゅうしゃ》に、夜月が気まずそうに言って朔太郎と顔を見合わせる。

だが六花の後から桐哉《きりや》と羽衣《うい》の夫婦が姿を現すと、やれやれとため息をついた。

「羽衣ちゃんね……、もう、本当にあの子は妹たちに弱いんだから……」

「羽衣は生粋のお姉ちゃんだからなぁ。でもそこがあの子のいい所だしねぇ」

先ほどまでの殺気はどこへやったのか、夜月と朔太郎がすっかり母と父の顔になっている。

「柊さん！」

六花は柊を見つけると、仔ウサギのように駆けてきて、柊の身体に抱きついた。

「ひどい……！　なんてことを！」

ボロボロの姿で椅子に括り付けられている柊を見て、六花が悲鳴をあげて両親に向き直り、柊を庇《かば》うように両腕を広げる。

「柊さんに……私の愛する番《つがい》にこれ以上何かしたら、絶対に許さない！」

絶対に引かないという強い意志が籠《こ》もった叫びに、柊はグッと喉元が熱くなった。

六花にとって、小清水の家族は何よりも大切なものだと思っていた。

番《つがい》となった自分との絆《きずな》よりも、家族の安全を選択し、自分のもとを去ったからだ。

だが、今彼女は自分を庇ってその家族に対峙している。

（……あんなに認められたがっていたのに……）

他のきょうだいたちに対する六花のコンプレックスは、彼らから認められたいという承認欲求の裏返しだ。きょうだいたちと同じように、両親に認めてもらいたかったのだ。

（……それなのに……）

両親を睨みつける六花の横顔を見上げながら、彼女の痛いほどの愛情を感じて、眩暈《めまい》がした。

「……六花」

囁くように名を呼ぶと、彼女はすぐに気づいて振り返ってくれた。

「ああ、こんなに顔が腫れてる……！　ごめんなさい、柊さん！　今こんなの、外してあげるから……！」

六花は半泣きになりながら、殴られて腫れた柊の頬を撫《な》でたり、拘束されているビニールテープを外そうとしたりしている。

だが柊は首を横に振ってそれを止めた。

「六花、いい」

「で、でも……！」

「後でいい。それよりも、キスして」

「それよりもって——えっ⁉」

脈絡のない要求に、六花が目を見開いて顔を真っ赤にする。

その顔が可愛くて、愛しくて、柊は自分への情けなさや身体の痛みを忘れて、ただただ微笑《ほほえ》んだ。

周囲からは、「まあ、呆れた」「やれやれ」という彼女の両親の呟きが聞こえてきたが、知ったことかである。

ただ、キスがしたかった。

本当はそれ以上もしたいけれど、さすがにこれだけの人目があってできることではない。

だからせめて、この状況下で一番近くに感じられる方法で彼女に触れたかった。

「六花。お願い」

「で、でも……」

六花はなおも周囲を見回して躊躇《ちゅうちょ》する。

恥ずかしがるその様子を見ているのも大変楽しいが、今欲しいのはそれじゃなかった。

「六花、逃げてもいいよ。何回、何十回でも逃げればいい。俺はそのたびに、君を捕まえにいくから」

（――そうだ。こんな単純なことだったんだ）

自分の弱さから彼女を信じられなくとも、自分のことは信じられる。

六花が何度逃げようと、諦めるつもりはない。

六花だけが、自分の唯一無二なのだから。

だから、何度逃げられたって、柊は必ず六花を捕まえる。

「俺は何度だって絶対に、君を取り戻してみせるから。安心して逃げるといい」

晴れやかに微笑めば、六花は困ったようにくしゃりと笑った。

「――ばかね、もう逃げないよ」

小さな声でそう答えると、愛しい番《つがい》はそっとキスをくれたのだった。

終章　昔むかし、その昔……

「もう、結局、骨折り損のくたびれ儲《もう》けだったわ」

ぷんぷんと頬を膨《ふく》らませて文句を言うのは、三十年以上寄り添ってきた愛しい番《つがい》だ。もう孫も二人生まれ、「おばあちゃん」と呼ばれるようになったというのに、彼女はいくつになっても出会った時のままの可愛《かわい》らしさを保っている。

「そう言いなさんな、夜月《よづき》。ずっと心配していた、六花《りっか》の所もいい塩梅《あんばい》になりそうじゃないか。君が動いたおかげだよ」

妻の白く美しい手を氷水で冷やしながら言うと、彼女はますます頬を膨らませる。

「別に私は、あのアルファと六花ちゃんがうまくいくようにしたかったわけじゃないわ！　六花ちゃんは一番繊細で臆病な子だから、私はもっとしっかりした強いアルファと添わせるつもりだったんだもの！」

そんな憎まれ口を叩《たた》いていても、彼女が一番安堵《あんど》していることを、朔太郎《さくたろう》はちゃんと知っている。

六花を勘当した夜は、ベッドに潜《もぐ》り込んでわんわんと泣き続け、翌朝には顔をパンパンに腫らしていた人だ。心配しないわけがない。

六花が家を出た後も、長女の羽衣《うい》を通してその様子をずっと確認していた。

今回のことは、三女の咲良《さくら》が「六花の番《つがい》が六花を監禁している！」泣きながら訴えてきたことがきっかけで勃発した。

それまでも密かに見守っていたものの、愛娘と孫のことをずっと心配してきた夜月が、心配なのに世話を焼けないフラストレーションを爆発させてしまったのだ。

「私の宝物を大切に扱わない者には、天誅《てんちゅう》を喰《く》らわせてやる！」と激怒し、六花の夫を拉致《らち》して説教をしたというわけである。思いのほかヤンチャな婿だったので、説教に少々鉄拳制裁が加わってしまったのはご愛嬌というやつだ。

本当は誰よりも子どもたちを愛しているのに、小清水《こしみず》の当主という立場ゆえに、それを表現できない不器用な人である。

(そこが可愛いところでもあるんだが)

自分にしか弱みを見せない、番《つがい》の気高さと愛らしさを噛《か》み締めながら、朔太郎は彼女を優しく宥《なだ》める。

「まあまあ、君もいつも言ってるじゃないか。子どもたちが幸せであることが一番だって。六花も彼と一緒にいて幸せそうだったし、なにより彼といることでずいぶんと逞《たくま》しく成長していた。きっとこの先もうまくやっていけるよ」

朔太郎の説得に、夜月にも思い当たることがあったのだろう。

少し遠い目をして頷いた。

「……そうね。六花ちゃん、あんなに繊細でか弱くて、泣いてばかりだったのに。いつの間にあんなに強くなったのかしら……」

きっと番《つがい》を庇《かば》って自分たちに対峙した時の、次女の姿を思い出しているのだろう。

確かに、以前の六花では考えられないくらい、毅然《きぜん》とした表情だった。

だが、と朔太郎は含み笑いをする。

するとその意味深な笑いに目ざとく気づいた夜月が、柳眉《りゅうび》をヒョイと上げた。

「なあに？　思い出し笑いなんてして」

「いや。僕は前から言っていただろう？　六花が一番君に似てるって」

そう言うと、夜月は長いまつ毛をパチパチとさせる。

「そう？　だって、あの子、あなたにそっくりよ」

「それは顔だろう？　そうじゃなくて、性格だよ」

「私、六花ちゃんみたいに優しくないわよ？」

つん、と顎を反らして言ってみせるわりに、口元が少し緩んでいて、内心嬉《うれ》しいと思っているのが丸分かりだ。ツンデレな様子も大変可愛らしい。

朔太郎はクスクスと笑いながら、冷やしていた妻の手の甲にキスを落とした。

「君は誰よりも優しいよ。……でも、その優しくて可愛いところは、僕だけが知っていればいい」

独占欲丸出しの発言に、夜月が呆《あき》れたように半眼になる。

「あなたって相変わらずね」

「君への愛は、未来永劫、変わらないさ」

「んふふ」

お決まりの愛の文句に、夜月が満足そうに薔薇色《ばらいろ》の唇を弧《こ》にして笑った。

その麗《うるわ》しい薔薇色に軽く口づけながら、朔太郎は妻の嫋《たお》やかな身体を抱き寄せる。

自分の腕の中で身を寄せてくる妻の頭に頬擦《ほおず》りをして、ふと思い出したことを口にした。

「そういえば、六花にあの能力がないと君は言っていたけど……」

あの能力とは、小清水家のオメガに稀《まれ》に備わる特殊能力のことだ。

小清水家には、とある伝承がある。

小清水家の祖先は、美しい女神だったと言うものだ。

とある娘神が、大神に兄神との結婚を強要されそうになって、自ら命を絶った。娘の死をたいそう悲しんだ母神が、娘を清らかな泉に祀《まつ》ると、その泉の中に美しい赤子《あかご》が現れたそうだ。これが小清水家の初代当主であり、小清水から生まれた娘は結婚相手を自ら選ぶと言われている――というお伽話《とぎばなし》のようにも思える内容だが、実はこれはただの伝承ではない。

小清水家のオメガには、『運命の番《つがい》』を選ぶ――すなわち、己の好きなアルファを選び、その者を自らの『運命の番《つがい》』に変える能力が備わることがあるのだ。

知らぬ者が聞けば、眉唾物だと思うだろうが、朔太郎は違う。

なにしろ、他でもない自分が、夜月に選ばれ、『運命の番《つがい》』にされたアルファなのだから。

朔太郎の問いに、夜月は肩を竦《すく》めた。

「ああ、そうね。羽衣は持っていたけれど、あの子はあまり『女神胎《めがみばら》』の特色を持っていないし、あの能力はないと思うわ。……どうして？」

「いや……もしかしたら、持っていたんじゃないかと思ってね」

夫の意見に、夜月が興味津々の顔になる。

「どういうこと？」

「六花の番《つがい》だよ。一ノ瀬柊《いちのせしゅう》。どこか見覚えがあると思っていたんだが、さっき直接顔を見て思い出した。あれはピアノの発表会の時の少年だ」

「ピアノの発表会？」

きょとんとする妻に、朔太郎は笑って説明した。

「ずいぶん前だよ。まだ小さかった頃、六花はピアノを習っていただろう？」

「ああ、そうだったような……」

夜月は思い出せないのか、少しぼんやりと首を捻《ひね》っている。

小清水家では子どもたちにいろんな習い事をさせてきたので、誰がどの習い事をしていたかよく思い出せなくなるのだ。

特に六花はどの習い事もあまり続かず、すぐにやめてしまうことが多かったので、記憶が曖昧でも仕方ない。

「発表会でミスをした六花が、その後どこかへ消えてしまって、みんなで大捜索したことがあったの、覚えているかい？」

「あ！　あったわね！　あったあった！　ものすごく肝が冷えたの、思い出したわ！」

習い事の種類は覚えていなくとも、短時間とはいえ娘が行方不明になった時の恐怖は忘れられなかったのだろう。

夜月は当時の恐怖も思い出したのか、眉間に皺《しわ》を寄せて苦悶の表情になって頷《うなず》いた。

「確か、会場の近くの公園にいたんだったかしら？」

「そう。でも、僕たちが公園に行ったわけじゃなくて、小学生くらいの男の子が、あの子を背負って連れてきてくれたんだよ」

朔太郎はその時のことを思い出しながら、つい微笑《ほほえ》んだ。

涼やかな目元の、賢そうな少年だった。

『きれいなドレスを着ていたから、ここで発表会をしてた子だと思って……』

そう言って、眠ってしまった六花をおんぶして連れてきてくれたのだ。

「——まあ、じゃあ、その子がもしかして……？」

「ああ、本人たちは気づいていないようだったが、多分、あの子は一ノ瀬柊だよ」

幼い頃に会ったことがあったとして、二十年後にその二人が再会し、さらには番《つがい》になるなんて確率は、きっと一％にも満たないだろう。

「待って、じゃあ、その時にもう、六花がその子を番《つがい》にしちゃっていたってこと？」

「さあ、事の真偽は分からないけれど、でもあの子たちが番《つがい》になった事実がある以上、可能性はあるんじゃないかな」

朔太郎が片目を瞑《つむ》ってそう答えると、夜月は「まぁあああああ」とため息のような感嘆を吐《は》き出した。

「羽衣も生まれてすぐに番《つがい》を決めちゃったみたいだったけど、あの泣き虫だった六花まで、そんな小さい時から番《つがい》を決めていたなんて……！　うちの子たち、しっかり者すぎない？　天才なんじゃないかしら？」

もうとうに成人し、子どもまでいる娘たちに、そんなセリフが出てくるのだから困ったものだ。彼女にとって子どもはいつまでも子どものままなのかもしれない、と思いつつ、朔太郎は愛する妻の額にキスをした。

「天才は君だよ、私の夜月。愛しい子どもたちをこの世に生み出してくれてありがとう」

それはいつもの愛情を込めた挨拶《あいさつ》の一つだが、心からの言葉でもある。

「んふふ。どういたしまして」

満足げに、そして幸福そうに頷く妻に微笑みながら、朔太郎は愛しい番《つがい》を抱き締めたのだった。

＊＊＊

「マァマー！」

早織《さおり》の可愛い叫《さけ》び声が聞こえてきて、六花は振り向いた。

すると公園のある方から、柊に肩車された早織が、満面の笑みでこちらに手を振っているのが見える。

自分も手を振り返しながら彼らの方へ歩み寄ると、肩車から下ろされた早織が危なげない足取りで駆けてきて、六花の脚に抱きついた。

ヨチヨチとしたペンギン歩きだった早織も、もうすぐ二歳。

二足歩行を完璧にマスターし、駆けっこもお手のものだ。

「マァマ、おかえり！」

六花の脚に埋めていた顔を上げて、早織が輝くような笑顔を浮かべて言った。

お喋りもうんと上手になり、今では三語文を上手に操り、大人との会話までできている。

やはりうちの子、天才がすぎる。

(子どもの成長はあっという間だなぁ)

日々成長していく様を見ているのは喜びだが、この愛らしい瞬間が過ぎ去ってしまうのはなんだか寂しくもある。

「ただいま、さぁちゃん。パパと公園に行ってたの？」

「うん！　ぶらんこ、したよ！」

「へえ、いいなぁ～！」

「あとね、あとね、すべりだい、したよ！」

早織の話に耳を傾《かたむ》けていると、娘の後から歩いてきた柊が、眩《まぶ》しそうに微笑みながら「おかえり」と言った。

「ただいま、柊さん」

「病院、どうだった？」

挨拶が済むとすぐに訊《たず》ねてくるところを見ると、きっとそわそわしながら六花が帰ってくるのを待っていたのだろう。

それが擽《くすぐ》ったいやら嬉しいやらで、六花は照れ笑いのように目を細めながら、バッグの中からエコー写真を取り出して柊の前に差し出した。

「うん。赤ちゃん、お腹にいるって。今三ヶ月」

言った瞬間、柊の顔が輝いて、その腕の中に抱き締められる。

だが赤ちゃんがいると言ったせいか、その抱き方はいつもよりずっと優しかった。

「そっか。……そっか。ありがとう、六花。めちゃくちゃ嬉しい……！」

なぜかお礼を言われてしまったな、と思いつつ、六花もまた広い背中に腕を回して、夫を抱き締め返す。

「私も、嬉しい。……柊さん、ありがとう」

最初の妊娠では、その喜びを分かち合うことができなかった。

だが今度は、愛しい番《つがい》と喜び合えるのだと思うと、涙がじわりと込み上げる。

だが泣き出す前に、可愛い声が割って入ってきた。

「あ〜！　さぁちゃんも〜！」

両親が抱き合っていて、自分がそこに入っていないのが寂しかったのか、早織が両手を広げて抱っこを所望している。

柊と六花は顔を見合わせ、同時に噴《ふ》き出した。

「よぉし、さぁちゃんもおいで！」

柊が言って、勢いよく早織を抱き上げて、空に向けて「高い高い」をしてやる。

「きゃー！」

楽しくて堪《たま》らないといったような歓声があがり、顔をくしゃくしゃにして早織が笑った。

愛しい番《つがい》と、愛しい娘……そしてお腹に宿った新しい命に囲まれて、六花は自分の幸福を噛《か》み締める。

昔……まだ子どもだった頃、ずっと満たされない焦燥感を抱えていた。

両親に認めてほしくて、でも足りない自分では認めてもらえないのだと、一人で拗《す》ねて、きょうだいたちを羨《うらや》んでばかりいた。

あの頃の愚かで幼い自分に教えてあげたい。

誰かに認められれば満足するわけじゃない。自分が自分を認めなければ、本当の満足など得ることはできないのだと。

そして、光のような幸福を感じながら、満ち足りた日々を過ごす未来が、自分にも待っているのだと。

「マァマー！」

可愛い娘が、もみじのような両手を広げて手招きをする。

「六花」

愛しい夫が、大きな手を差し出して待っていてくれる。

曇りのない笑顔を浮かべて、六花は彼らに向かって歩き出した。

あとがき

こんにちは。ルネッタブックス様では、三度目のご挨拶となります。

春日部こみとと申します。

この本を手に取ってくださってありがとうございます。

『授かって逃亡した元令嬢ですが、腹黒紳士が逃してくれません』、いかがだったでしょうか。

実は今回のお話は、私のルネッタブックス一作目である『婚約破棄された令嬢ですが、私を嫌っている御曹司と番になりました。』のスピンオフとなっております。

前作もお読みくださった方には、見知った登場人物がたくさん出てくると思います。

今作だけでも楽しめる仕様になっておりますが、前作も合わせて楽しんでいただければ、私がとても喜びます！　もしご興味がおありでしたら、ぜひよろしくお願いいたします♡

スピンオフを書かせていただくことになり、改めて小清水家のきょうだいを確認したところ、びっくりしました。

「え……？　ろ、六人？　しかも最後は双子の男の子⁉」

自分で書いておいてなんですが、小清水家、子沢山でした。この中から次の主人公を選ぶことになったのですが、五人いると迷ってしまって、なかなか決められませんでした。

結局「生まれた順番にしよう」と次女の六花ちゃんのお話になりましたが、他の子たちのお話も少々考えてあったりするので、いつか書けたらいいなぁと思っております。

最後の双子はアルファなので、それも面白くなりそうですよね。

そんな小清水家のお話、第二弾、楽しんでいただけたら嬉しいです。

麗しいカバーイラストを描いてくださったのは、前作に引き続き森原八鹿先生です。ラフをいただいた時、早織ちゃんのあまりの可愛さに膝からくずおれました（なんだこの可愛さ天使か⁉　指しゃぶり可愛すぎて昇天しましたありがとうございますありがとうございます！）

森原先生、素敵なイラストを本当にありがとうございました！

今回も遅筆な私のせいで、大変ご迷惑をおかけしました、担当編集者様。本当に申し訳ございません。見捨てないでくださってありがとうございます……！

この本を世に出すにあたって、ご尽力くださったすべての皆様に感謝申し上げます。

そして最後に、ここまで読んでくださった読者の皆様に、心からの愛と感謝を込めて。

春日部こみと

ISBN978-4-596-70740-6　定価1200円＋税

ルネッタブックス

オトナの恋がしたくなる♥

どれだけ感じているか、
見ているのは俺だけだ

結婚願望ゼロ女子、
社長の溺愛に陥落!?

ISBN978-4-596-42756-4　定価1200円＋税

不本意ながら、社長と同居することになりました

YUKARI USAGAWA

宇佐川ゆかり

カバーイラスト／壱也

社長秘書の莉子が出張から戻ると、家が燃えていた——。なりゆきでイケメン社長の高梨の家に居候することになったけど、彼はひたすら莉子を甘やかしてくる。「こうされるの、好きだろ？」耳元で囁かれる淫らな言葉と甘やかな愛撫に蕩ける莉子。ワケあって結婚や恋愛を避けてきたのに、高梨に惹かれる気持ちは止められなくて……!?

ルネッタ🄻ブックス

授かって逃亡した元令嬢ですが、腹黒紳士が逃がしてくれません

2024年6月25日　第１刷発行 定価はカバーに表示してあります

著　者　春日部こみと

発行人　鈴木幸辰
発行所　株式会社ハーパーコリンズ・ジャパン
東京都千代田区大手町 1-5-1
04-2951-2000（注文）
0570-008091　（読者サービス係）

印刷・製本　中央精版印刷株式会社

Printed in Japan
ISBN978-4-596-63650-8